没有围墙的花园

徐一洛 ◎ 著

广西民族出版社

图书在版编目(CIP)数据

没有围墙的花园/徐一洛著. —南宁：广西民族出版社，2023.1（2023.5重印）
ISBN 978-7-5363-7599-4

Ⅰ.①没… Ⅱ.①徐… Ⅲ.①中篇小说—小说集—中国—当代 ②短篇小说—小说集—中国—当代 Ⅳ.①I247.7

中国版本图书馆 CIP 数据核字（2022）第 160312 号

MEIYOU WEIQIANG DE HUAYUAN
没有围墙的花园

著　　者：	徐一洛
出 版 人：	石朝雄
责任编辑：	卢悦宁
美术编辑：	林武圣
责任校对：	黄裕蝶
责任印制：	梁海彪　张东杰
出版发行：	广西民族出版社

地址：广西南宁市青秀区桂春路3号　邮编：530028
电话：0771-5523216　传真：0771-5523225
电子邮箱：bws@gxmzbook.com

印　　刷：	三河市嵩川印刷有限公司
规　　格：	787毫米×1092毫米　1/32
印　　张：	7.75
字　　数：	120千
版　　次：	2023年1月第1版
印　　次：	2023年5月第2次印刷
书　　号：	ISBN 978-7-5363-7599-4
定　　价：	38.00元

※版权所有·侵权必究※

目录

没有围墙的花园 /1

荒城 /27

火笼 /47

陈香 /71

唇吻 /101

孤鸿 /157

那一抹描画的面纱 /181

一剪酸梅 /197

何日君再来 /217

没有围墙的花园

疼。痛。从床上坐起,赫然看到床边站着两条腿。莫非这是我梦中遗失的腿?我摸了摸自己,腿还在。那两条腿正缓缓移动。我慌忙用被子将自己包裹起来,裹成一只残破的茧。

一半脸黑一半脸白，一只猫蜷在窗台上，古铜色的瞳孔时浅时深。我推开窗，它柔若无骨的身躯在空中摇坠，来不及留下半句遗言。我关上窗，所有的空气向我涌来，大地像一口深井。密不透风的新房内，盈漫着看不见的灰尘。

那天既是我十八岁的生日，也是父母的瓷婚纪念日。同一天，父亲荣升为某公司总经理，母亲获准提前退休，我收到了某985大学的录取通知书，因此，父母特地选在这一天乔迁新居。一百八十平方米的新房里，六喜临门。

母亲送我一个比我还高的布偶。父亲赠我一只金手镯，手镯中间有一个大大的"H"。父亲拉过我的手，又捋了捋我的衣袖，准备将手镯戴到我手腕上时，我的手缩了缩，一条十厘米长的文身暴露在他眼前。他愕然，随即果断地将手镯套到我的手腕上。我摸了摸这冰冷的手镯，将手藏到身后。

父亲还变戏法似的将一个精致的首饰盒捧到母亲面前。母亲显然受了惊吓，接过礼物的手微微有些颤抖。她用苍白的手开启盒子，一条明晃晃的项链、一枚沉甸甸的金锁，亮得刺眼。父亲细心地替她戴上，母亲摩挲着金锁，嗫嚅道，出了门就不能戴了，容易引来歹人。父亲不快地吼道，和平年代，哪有这么乱？母亲的身体一颤。父亲轻言慢语道，这个小区的业主非富即贵，物业也是一流的，你们就安心地住、放心地戴。父亲将手自然地搭在我肩上，我本能地一躲。父亲说，我家的女人，绝不能受半点委屈。

高楼似的三层蛋糕上，荧荧烛光随风摇晃。父亲冲母亲使了个眼色，两人分别向我的左脸和右脸袭来。我迅速闪开，父亲的吻眼看就要落到母亲脸上了，忽然停滞住。他扫了我一眼，尴尬地将一个生硬的吻掠过母亲苍白的脸。母亲以极快的速度抹了抹被沾湿的地方。

父亲开了一瓶碧尚男爵干红，娴熟优雅地倒了三杯酒。我举起高脚杯正要干杯，杯子突然毫无征兆地裂成几瓣，差点割伤我的手。父亲说碎碎平安，母亲忙查看我的手心手背，又手忙脚乱地收拾。饭后，父亲拿出一把崭新的水果刀，替我削了一只红苹果，说是吃了就会平安。

微弱的烛光中，幸福在摇曳。

第二天，欢乐戛然而止。父亲依旧忙碌，每天仅回来睡个觉，或者接连几天不归家。母亲一退休，便报了一个旅行团。她自由了，解脱了。偌大的家里又只剩我一个人。我穿着宽松的黑色睡衣，在空房子里四处游荡。我独钟黑色，以应付惨白的日子。

新房太大了，大得像一张掉光了牙齿的豁嘴。一面面无形的墙，逼仄地禁锢着我，墙里的花儿诡异地开着。灼人的灯像一条条舌头。舌头不说话，它永远缄默。我在房子里东张西望，房子同我面面相觑。厚重的防盗门上有一个黢黑的猫眼，它无时无刻不在窥探着我。我试图走近它，又止住脚步，一股恐怖的力量攫住我，拽住了我的双腿。我逃回卧室，平躺下来，大口喘气，许久才平息。这是我的新家，父亲说它很安全。

天黑了又白，白了又黑，我晨昏颠倒。无聊地打开手机看新闻：十七岁的男孩与母亲吵架跳桥身亡，丈夫为了房产肢解妻子，男子酒后抢劫一元钱获刑三年……无趣，关机。我吃了两颗安眠药，睡了长长的一觉。但我睡得极不安稳，噩梦连连。梦里有人抱走了我的腿，劫走了母亲送我的布偶，甚至偷走了我的梦。这个梦让我很气愤，醒来后仍在和自己赌气。

疼。痛。从床上坐起，赫然看到床边站着两条腿。

没有围墙的花园

莫非这是我梦中遗失的腿?我摸了摸自己,腿还在。那两条腿正缓缓移动。我慌忙用被子将自己包裹起来,裹成一只残破的茧。

你是谁?

你以为我是谁?

腿在说话,腿会叫唤。腿上生出两只手,其中一只握着一把水果刀,并将冰凉的刀架在我的脖子上。昨天,这把刀曾替我削过一个苹果。

别叫,叫就杀了你。

那两条腿绕到我跟前。那张脸上戴着一只蓝色口罩。带有浓重口音的声音和握刀的手一起战栗:我以为你家里没有人。

家里的东西你随便拿,请不要伤害我。我颤抖着乞求。

那两只手从身上掏出一根绳子,开始捆绑我的手脚。他边捆边说,你家我已经来过三次了。

我天天在家,怎么没见过你?你撒谎。

我是小偷,不是骗子。他认真地说,第一次来,你家正在装修,我上了个厕所,顺手带走了你爸的一个进口打火机。

我半信半疑地看着那两条腿，裤子上有两个破洞。

第二次，你家刚装修完，你们还没搬进来，但你爸来了，还带来了一个人，你猜是谁？

一个女人？可我没有说出来。此刻，沉默是我的盔甲。

不等我回答，他就主动揭开了谜底：一个三岁的小男孩。

小男孩？我不解地看着那双带着寒意的手。

我还拎走了你爸的名牌皮包，你猜我在里面发现了什么？

又是猜谜。我没好气地说，男人皮包里除了钱还会有什么？银行卡？名片？

再猜。我像超市里待售的螃蟹，努力揣测即将进到哪一只滚锅里。

笔记本电脑，烟，打火机，耳机，充电宝，眼镜，安全套，钢笔，合同，照片？我一口气说道。

很接近了。你反应很快，只是你忽略了一个最关键的细节：那个小男孩。

所以，小男孩同皮包有关系吗？我斗胆问，同时试图趁机解开手上的绳索，但无济于事，我的手上被他打上了一个解不开的死结。

皮包里装着一份亲子鉴定报告书。

我直视着他的双眼，身体仿佛被冻僵了。

被鉴定者是一个三岁的男孩。他盯着我，似乎要将我的脸盯出一个洞。我将目光胶合在他青筋蜿蜒的腿上，父亲的羊皮拖鞋掩住了他的脚。

我陡然将被捆缚的双手伸向茶几。他警觉地一把抓过水果刀。

我笑了，我只是想喝口水。他将茶几上的一瓶可乐拧开，递到我手上。我机器人似的捧着可乐，一口气喝了半瓶，又问他，你，要不要来一瓶？

他瞟了瞟堆在角落里的三箱百事可乐，皱眉道，长期喝可乐容易失眠、肥胖、得糖尿病。

猝不及防的感动。我长期过着断舍离的生活，除了这三箱可乐，房间里的物品不超过三十件。就连这些，我都觉得冗余。他开始在我房间里翻找，不到五分钟，就将我的房间扫荡了一遍。

就这些？

就这些。

口罩背后的他审视着我，像看一个怪物。他将水果刀对着我,你不怕我杀了你吗?

我又笑了,这些年我有几百次都想死,最后都没死成。

想死是吧?我成全你。他用水果刀在我手腕上划了一刀。

几滴血珠涌了出来。它们穿过我手腕上的一串字母,又滴落到地面。

他抓过一团纸巾,递了过来。你的文身是什么意思?

每一次缝补也会遭遇穿刺的痛。我一字一句地说。

缝补?痛?你真的想死?他一脸狐疑,我还以为你们这些城里的富家小姐活得比蜜还甜呢。也对,你爸有一个三岁的私生子,你和你妈肯定过得不好。

我们过得好不好跟你有什么关系?你可以骂我,但不能骂我妈。我怒道。一口可乐呛在喉间,我剧烈地咳嗽起来。我干脆夸张地咳嗽着,咳得胸口绞痛,却没有邻居能听到。

我转过身,留给他一个清冷的背影。他拿着水果刀在玻璃茶几上划拉着,发出刺耳的声响,一下,两下,三下,每一下都似乎划到我皮肤上。在我皮肤里的血流尽之前,我鼓起勇气问他,你第三次来我家是什么时候?

他放下刀,如实相告。就是前几天,只有你妈在家,你猜她在干什么?算了,反正你也猜不着。

我扬起头,看到了他头上有一处斑秃。

你妈拿着一张纸发呆,面无血色。那张纸你绝对猜不到是什么。

离婚协议书?

咦,这回你猜对了。他抠了抠毛发稀疏的头。

想起来了,那天我到客厅倒水,母亲一言不发,一见到我,立即慌乱地藏起什么。

我还以为自己是全世界最倒霉的人,没想到你比我还可怜。

面对他的幸灾乐祸,我轻轻一笑。心放松了,身体也不那么紧张了,被捆住的手脚不再疼痛,而是麻木。我问他,你看上去也不像坏人,为什么要……

为什么当小偷对吧?你去过农村吗?吃过存放了七年的陈米吗?过过一下雨屋子里可以撑船的日子吗?走过十二公里的山路去上学吗?尝过被人怜悯的滋味吗?

他紧攥着刀,恶狠狠地说。

你以为我天天生活在温室里？每年暑假，我都会去五山乡献爱心，还跟一个叫覃韦南的孩子结成对子，在学业和生活上帮扶他。

他拿刀的手抖了一下。我一个激灵，问，你不会就是覃韦南吧？

他撇了撇嘴，又不是写小说，哪有那么巧的事？

你喜欢读小说吗？

喜欢。家里穷，买不起书，也上不起学，我读完初中就到城里来打工了。没有文凭也找不到好工作，只能天天在工地上混，白天抹灰、砌墙、刷油漆，晚上在满是汗臭、脚臭和尿骚味的工棚里，听人吹牛、喝酒、谈女人。他们用辛苦赚来的钱去花天酒地，还想拉我一起去。

你去了吗？我戏谑道。

不去。工地的月收入总共也就不到2000块，一大半寄给家里，除去吃穿用度，剩下的都用来买书了。

这个小偷勾起了我极大的好奇心。我将信将疑地问，你都看过哪些书？

马尔克斯、莫言的，也读西川、欧阳江河和里尔克的诗。还有一个作家叫陀思妥也夫，不对，斯托夫，野

没有围墙的花园

夫司机？见鬼！

我无意纠正他，莫名的同情心在看不见的缝隙里滋生。我激动得差点要将书架上珍藏的一套绝版书送给他。不料，他已经毫不客气地将这套价值不菲的书取了下来。他看了看我，冷冷地说，盗亦有道，贼不走空。

我沮丧地问，你干这行多久了？

就今年。这幢房子就是我们建的，每一块砖、每一堵墙我都认得。

那些砖和墙的主人认得你吗？

他狡黠一笑，又两眼空洞地望向前方，颓丧地问，你会背《蚕妇》这首诗吗？

遍身罗绮者，不是养蚕人。

这个城市有好几幢房子都是我建的，却没有一套属于我。而你，却住着这么高级的套房，爹爱妈疼。同样是人，凭什么我们只配做打洞的老鼠？

我没有回答。我不敢告诉他我刚拿到了某名牌大学的录取通知书。那张通知书被父亲带到公司去炫耀了，他的亲朋和下属的孩子没有一个考得比我好。

很快他又自我安慰。你爹妈一离婚，你就没那么幸福了，你爹还在外面找了个小三，生了一个私生子，你比我还惨。我一没钱,二没读多少书,但至少还有一个完整的家。他得意地笑了。

我平静地说,你放心,他们离不了,他们都舍不得钱。

他的面目开始变得狰狞。下来!他厉声喝道。

我打了个寒战,慢慢地将身体挪到床沿,被捆缚的双脚先落地,随后晃晃悠悠地站起来。我幻想着自己会因失血过多而突然昏厥,但我的血液在手上断了流,凝固成一道褶皱。

过来。他压低声音命令道。我蹦跳着来到阳台上。阳台很宽阔,上面种满了花草,像一座孤独的花园。三扇巨幅玻璃窗像是随时可以将人吸进去。父亲还没来得及为这套安全的房子装防盗网。他推开了窗。我哆嗦着,闭上双眼,准备一了百了。爸,妈,对不起,许多事还没来得及交待,但说了也全无意义,我们三个人一直都在演戏,这场戏该剧终了。谢幕仪式就免了吧。

我设想过许多轻生的方式,其中一种是像一只鸟儿那样,以飞翔的姿势掉落下去,可此时我的翅膀已没了自由。

你看,他指着对面的一幢楼说。我睁开眼,发觉自己还活在人间。

三楼的男人喜欢打老婆,平均一周打两次;五楼的女人天天打骂孩子,一个八岁的男孩天天挨揍、被吼,我真希望三楼的男人打的是她……

我循着他的手指,贸然闯入一个奇异的世界。他继续指引:九楼一个六十多岁的老头儿夜夜穿着女装跳舞,一会儿跳迪斯科一会儿扭秧歌,他退休了,儿女都在国外;二十楼住的是一个房地产商,在同一幢楼买了三套房,分布在不同的楼层,他的糟糠之妻和他包养的两个年轻女人都住在这里,一三五陪小三,二四六陪小四,至于周日,当然陪原配咯。还有……

我咯咯地笑起来。我不会告诉他,我时常躲在这座没有围墙的花园里,用望远镜偷窥目光所及的人家。除了他说的这些,我还见到过一个赤身裸体在家鞭打男人的女人,一个坐在轮椅上唱歌的孩子,每周带不同的男人回家的迟暮妇人,一年三百六十五天只唱同一首歌的鳏夫……

我不可抑制地笑着,他也跟着笑了起来,笑得我心里发毛。我用被缚紧的双手抹了抹眼泪。他惊惶地说,你别又哭又笑的,我怕,我妈也经常这样。

你妈她?

她已经疯了二十多年了。

他已全然没有方才的骄傲,在我面前迅速垮塌下来。须臾,他又还原成一个自负的人,精神抖擞地说,你看,那些有钱的、有脸的还不是活得一团糟?家暴的离婚的外遇的变态的,有几个真正幸福的?

月色黯淡,星光稀疏,夜风拍打着脸庞,凉飕飕的。家外有家的父亲今晚不会回来了,飞出囚笼的母亲,应该也不回来了。柳枝随风摇晃,弯成一个大大的问号,又变成一个叹号。

有些冷了,我连打了三个喷嚏。他说,回屋吧。天空骤然雷声轰隆,我们是两只惊飞的鸟,在光秃秃的枝丫上晃动。

我重新回到床上,茫然地望着天花板。白色的天花板,白色的墙壁,白色的吊灯,使这里像一个令人窒息的病房,里面住着两个脸上阴沉沉的人。天花板盯的时间长了,竟出现一个椭圆的霉点,严肃地注视着我。

他掏出一盒烟,在身上摸索了半天,又叹了口气。你爸的 ZIPPO 打火机我放在家里,舍不得用。我拿的东西,都是精挑细选的,一样也舍不得用。你说,我把它们拿回去又有什么用?

他仍未释然,愤愤不平地说,起初,我对这些花里胡哨的品牌一无所知,我在老家只能买到山寨品牌,什么瓢柔、王老古、康帅傅等。来这个小区后,才发现你们同我们一个天上,一个地下,你们有许多我没见过的东西。每发现一件好东西,我都会查一下价格,也因此记住了很多品牌。通常形容坏人都是用"穷凶极恶",我唯一具备的只有第一点——穷。

我笑了。有些人却只具备后两点。

他有些气馁。我现在难道不是正朝着这两个方向努力?你凭什么嘲笑一个努力的人?

他定定地看着我,恼怒地说,我为什么要跟你说这么多?我明明就是个小偷,是社会的渣滓,是盲流,是流氓!

他凶相毕露,一把将我推到床上。

我冷冷地说,你刚才为什么不干脆把我从阳台上推下去?这样我就不用自杀了!我得抑郁症三年了,想死都死不成。

抑郁症?我凭什么相信你?

你打开那个相框。我望向书桌上的全家福,上面的一家三口笑得春风满面。他将信将疑地看着我。很快，他放开了我，抓起相框，打开背板。一张某医院精神科的诊断书掉了出来，白纸黑字写着：疑似中度抑郁。

他将这张诊断书看了许多遍，又反复端详我的脸。这应该是你们城里人的富贵病吧。你要啥有啥，还抑郁什么？

我天天生活在黑洞里，被一只黑狗拼命追赶，我想逃出来，却无处可逃。我想要真正的快乐，谁能给我？你吗？

他抱着头，低沉地说：我有一个妹妹，今年十六岁，跟你一样，成天不出门，不上学，也不出去工作，经常离家出走，还寻死觅活的，打她、骂她都没有用。可惜她是小姐脾气丫鬟命，我爹娘养不起闲人，准备给她找个残疾的或者死了老婆的男人随便嫁了。你命比她好，生在有钱人家，你爹妈可以养你一辈子。

我又不是宠物，为什么要人养？

你成天被关在这么大的笼子里，跟宠物有区别吗？他讥讽道，你们城里人把猫儿狗儿当儿子女儿，我们这些下等人却活得猪狗不如！他亮出左腕上的一块手表，激愤地说，这块帝舵手表价值三万多块，你知道这

没有围墙的花园

是什么概念吗？我们一家五口不吃不喝，三年也赚不到三万块！

他的眼神如野兽一般，撕咬着我的自尊。他咬牙切齿地说，生活并不公平，我又何须公平！他钳住我的手，向我扑来，我脖子上的心形项链横亘在两人中间。我来看看这是什么大品牌。他一把扯下项链。啧啧，这条卡地亚项链至少值一万五千多块。大小姐，你过得这么荣华富贵，凭什么抑郁？凭什么！

我只知道我家并不贫穷，但没想到这么富有；我知道父亲很疼爱我，但却想不到他对我这么大方。父亲几天前送给我的金手镯，价值几何呢？我抚着脖子上被勒出的一道印痕，回避他灼灼的目光。

我的呼吸急促而又恐惧。我已做好了赴死的准备，正当我心一横，准备束手就擒的那一刻，脑际倏忽闪过一个奇怪的念头：亲子鉴定的结果是什么？这个三岁的小男孩究竟是不是我父亲的儿子？是不是我亲弟弟？他可爱吗？快乐吗？我是公主，拥有一个合法的身份；而他没有，他一辈子都只能活在阴影里，一出生就被戴上了一个"私"字号的紧箍咒——私货，私奔，隐私，私情，私欲……我的父母会离婚吗？他们一离婚，我便会变成一个落单的流浪儿。我和那个小男孩之间，注定只能有一个人幸福。他长大后也会像我一样抑郁吗？抑或是，他同我的父亲没有任何关系，他对我构不成任何威胁，但他活着注定是个悲剧。这个孩子像一面镜子，照出一个卑微的我。

我注意到，他的胳膊有些异常。你的手怎么了？他起先将左臂藏在身后，几秒钟之后又拿了出来，恨恨地说，八岁那年，我一个人去爬山砍柴，不小心摔断了胳膊，我娘找村里的赤脚医生帮我接上了，结果那个庸医把我的胳膊接反了。

我见到了一只往外拐的胳膊肘。这真像小说里的情节。

他恨不得嚼穿龈血。我到城里来打工后，去拍过片子，医生说本来是普通的骨折，很容易接上，但现在关节处已经陈旧了，无法再复原。这十几年来，我不敢上体育课，一上体育课就会被人笑话；不能干重活，因为畸形的胳膊会酸痛。我被同学取笑、被工友歧视，我恨哪！我这辈子都记得接胳膊的那一天，那个耻辱的日子，每年的这一天，我都要让那个庸医记住我。我朝他家里扔过石头，泼过鸡血，塞过破鞋，丢过死蛇，往他地里倒过开水，在他家唯一的宝贝儿子头上揉过苍耳，披块白布半夜装鬼吓他儿子，吓得他的宝贝疙瘩住过几次院……我只是想吓唬他，也为自己出一口恶气，犯法的事儿我可不干。

真让人心疼。我仔细查看了那只变了形的手臂，上面缝了十多针，像一只丑陋的蝎子。它平日看不出异常，但关节一活动，胳膊肘便会向外大幅度弯曲。抚触着伤处，我的肘关节也莫名地疼痛。

这时，四条腿破门而入，四只戴着臂章的手臂牢牢地控制住他，又强行扭住他变形的左臂。他无望地挣扎了几下。

临出房门的那一刻，他在离我不到一米处停了下来，露出一个意味深长的笑。他轻声说，覃韦南是我弟弟，我叫覃韦东。即将消失于我的视野时，他回头深深地看了我一眼，那眼神刺痛了我。

覃韦东离开了，他没有拿走我的绝版书，却顺走了我去年的生日礼物——父亲从国外带回来的巴掌大的迷你水晶鞋，并且只拿走了左脚的那一只。

一名保安将覃韦东扭送到派出所。另一名保安告诉我，我触动了家里墙上的报警开关。父亲没有骗我，这个高档小区的确很安全。

我仰躺在床上。房间里尚留有覃韦东的余温,他拖着一条扭曲的手臂,哀怨地盯着我,企图将我的身体盯出一个洞。我惊魂甫定,取出父亲送我的新手机给他打电话,却传来忙音。我又准备打给母亲,想了想,终究没打。

次日,一名自称姓徐的派出所警官敲门。起初我不敢开,他提到覃韦东,我才放了心。

徐警官说,覃韦东于今年春节期间,趁住户外出旅游、探亲之机,在本小区利用住户大门上安装的猫眼,反向观察室内的光亮,再结合在门口听声的方式,判断住户家中是否有人。他通过反复踩点,断定其中一户家中无人,就在这家住下了。不仅在这里吃喝拉撒,还穿着男主人的衣服,时常在小区里出入,就连保安也以为他是业主。

可是,他是怎么行窃的呢?

这个小区总共有四幢楼,他自第一幢开始,从顶层的三十楼偷起,每天只偷一层楼。行窃时,他戴着帽子、手套、口罩,遮挡住面部,来到之前踩过点的单元和楼层,使用撬锁工具,采取破坏锁芯的手段入室盗窃。

没有围墙的花园

他总共偷了多少家？

十八家，你家是最后一家。这个小偷很奇怪，不吸烟不喝酒，偷来的东西都收藏起来。被盗的住户他都记得清清楚楚，连干什么工作、姓什么都记得，都写在一个本子上，真是胆大心细。他的字也写得非常娟秀，像是练过的瘦金体。徐警官感慨地说，他不是一个普通的贼，我抓了这么多年的贼，头一次见到这么文艺的。他偷过一本马尔克斯的《霍乱时期的爱情》、一支派克钢笔、一副猛犸象牙雕刻的国际象棋，还有一套性感内衣。

徐警察继续道，他还偷过一把电吉他、一只望远镜、一块浪琴男士手表，还有两瓶1988年产的茅台酒。他准备带给他父亲，他那面朝黄土背朝天的老父亲一辈子只喝过不超过十块钱一斤的酒，有一次喝到假酒，吐血，再也没有醒过来，他准备带着这两瓶酒去上坟。他还偷了一套名牌西服，这套西服像是为他量身定做的，他想象着自己有一天当了新郎，和一位身穿洁白婚纱的女孩一起步入婚姻的殿堂。他还顺手拿走了一台数码相机，他起初偷的是一台单反相机，因为不会用，便换了台数码的。他每光顾一家，都会用相机拍下屋内的场景，正是这台相机，记录下他入室盗窃的罪行。

我半响无语，陷入长久的沉思。徐警官突然问，你懂音乐吗？

略懂皮毛。我如实答道。

覃韦东偷了一台进口的音响，以及二十张进口CD。每天晚上，他都会听着圣桑、舒伯特、门德尔松的音乐入睡。他在别人家提前过上了自己向往已久的生活，他幻想着自己有一天也能住上这样的花园洋房。

我打断徐警官的话，覃韦东会被判多少年？

其实他偷的其他东西价值都不超过五万元，唯独这套音响价值三百多万，正是这套价值不菲的音响，有可能导致他判重罪。

我若有所思。高考前夕，母亲扔掉了我所有的CD，理由是担心影响我的睡眠。

他来自乡下，当年如果不是因为家里穷，父母逼他辍学，也许他已经是一名大学生了。他渴望城市生活，羡慕城里人，也恨城里人。你没遇害，算是万幸。对了，你知道他用望远镜观察对面的楼层这事儿吗？

我惊惶地说，不，不知道。

通过踩点和用望远镜偷窥，他将小区里住户的情况摸得一清二楚，并且作案时只挑选喜欢的东西"收藏"。

没有围墙的花园

在你之前也有人报案，失物很奇怪，丢了三只鞋，都是左脚的。那些鞋都是昂贵的奢侈品牌，丢了一只跟丢了一双没什么区别。

他为什么只偷左脚的鞋？

谁知道呢。

可是你刚才提到他还偷了名酒、手表、进口音响之类的东西，为什么没有人报案？

你要知道，这个小区里的人非富即贵。你还年轻，没走入社会，还不懂得这里面的玄机。好了，我得回去处理案子了，你以后要加强安全防范意识。

警官，我可以提一个要求吗？

只要是法律允许的范围之内的，都可以。

请不要告诉我爸妈，我怕他们担心。

徐警官点了点头。

我生日后的第三天，母亲回来了；第五天，父亲回来了。他们争相对我嘘寒问暖，百般示好，我也摇身变回那个天真无邪、无忧无虑的孩子，告诉他们我平安无事。

一家人其乐融融地共进晚餐时，天花板上有一块椭圆形的霉点正窥视着我们。那个斑点，是黑暗、虚无，还是光亮？

占据了二分之一面墙的电视上，本地新闻里一片欣欣向荣的景象。我正想关掉这噪音，画面上意外地跳出一则新闻，说某某小区里发生了十几起盗窃案，小偷已被抓获归案。母亲指着电视说，这不就是我们小区吗？母亲停下筷子，父亲放下了碗，两人脸色都有些异常，却极力掩饰。他们关切地问我是否听说过此事，我轻描淡写地说，听说了。是一个矮个、清瘦的小偷吗？母亲追问。我说可能是吧。父亲凝神听着，张了张嘴，想说什么，又将头埋进青花瓷碗里，猛扒了几口饭。

母亲沉默了许久才说，其实那个贼来过家里，你爸不在家，我怕吓着你，就没跟你们说。

父亲忙问，没丢什么东西吧？

没有，他看到我在家，什么都没拿就跑了。

父亲缄默了半晌，说，房子刚装修好时，那个贼也光顾过，房子里是空的，什么都没丢。即使丢了什么也不要紧，只要我们一家人平平安安就好。

父亲说话时，我始终盯着他的脸。他说得那么坦然，仿佛那个三岁的男孩并不存在。

（原载于《四川文学》2021年第8期，有删减）

荒　城

走出办事大厅的瞬间,我回头往柜台深深地看了一眼,她也正巧看着我,目光交会的一刹那,我们似乎用眼神说了些什么。又似乎什么都没说。

请问您第一次结婚是什么感受？

一只纤细的手伸到我眼前，一支黑色录音笔紧随其后。录音笔的主人是一个眼睛如小溪般明澈的女孩，她干净的脸上架着一副极不协调的黑框眼镜。

我哭笑不得。婚姻又不是游戏，可以随意关闭、重启，或者复制、粘贴。

请问您第一次结婚是什么感受？女孩像未婚时的我一样执着。

您是？我羡慕地注视着那一湾恣意流淌的溪流。

大姐，您好……

大姐？

噢，不，小姐。

我未婚时也是这般天真，因此默许她称呼我为"小姐"。

小姐，您好，我是《我爱我家》情感杂志的实习编辑，可以采访一下您吗？

我沉默着。她不依不饶地问，请问您第一次结婚是什么感受？

我有些恼怒，反问道，你凭什么认为我一定结婚了？

荒 城

她毫不留情地说，你左手无名指上有一个戒指印。

我可怜的隐私被一个路人挖出来了。我试图将那只裸露的手藏起来，最终只能将它埋藏在交叉的双臂内。

那么，请问您第一次结婚是什么感受？

她如此执拗，我动摇了。我盯着她的黑框眼镜，认真地说，我不能告诉你第一次结婚是什么感受。

她失望地收起了录音笔。我摸了摸空空的鼻梁，叹了一口气，但是，我可以告诉你第一次离婚是什么感受。

女孩欣喜地准备好笔和笔记本，支好录音笔，正襟危坐。我也整衣端坐，像即将开始写高考作文的考生。我的作文题目是《第一次离婚》。

新年伊始，我的婚姻生活也将开始一个新纪元。元月二日，我和前夫来到民政局，当然不可能携手，更不可能十指紧扣，我们一前一后，仿佛隔着万水千山。他纠正道，办完离婚手续，走出这个大厅，你才可以叫我前夫。

我看了看他青筋纵横的脖子。

民政局婚姻登记处八点开门，我们七点五十分到达，门口已排起一条蜿蜒的长虫。我本准备七点半到，可前夫说又不是投胎，没必要赶早。他磨磨蹭蹭的，直到我咆哮才懒洋洋地出发。我踮起脚尖向前望去，庄严的大门口立着一块醒目的金属牌，上面印着：

办理婚姻登记温馨提示

不扎堆，有间距

资料齐，先填表

等叫号，有序办

办完后，即刻离

祝安康，长幸福

认真念完，不觉莞尔。办完后，即刻离？前夫也一改苦瓜脸，笑开了花。若早看到这份温馨提示，我们，不，我和他又何苦绕这么大一圈，拖拉到今天？

笑容僵滞，一片死寂。祈求老天让我们早点办完——办完后，即刻离。

如今离婚的人真多啊。我没话找话。

前夫纠正道，这里还有结婚的呢。

好，今天他都是对的。既然板上钉钉要离，当初又何必多此一举地结？

我地老天荒地排在队伍中，前面还有三十七个号。队伍行进得缓慢，半小时过去了，只办完了六对。办事窗口只有两个，结婚的离婚的都站成一个队列，依次分

荒城　31

流到这两个窗口。我不明白,为什么不将结婚和离婚的登记点分开?新婚燕尔的新人们喜笑颜开,卿卿我我;即将分道扬镳的旧人们大都神情冷漠,苦大仇深,更有哀号、詈骂甚至大打出手的。同一个窗口前一秒还浪漫满屋,后一秒就如丧考妣。人间悲喜在此神奇地交会。

我想从队列中逃离,又唯恐一走神,便再也冲不出这座空气稀薄的围城。身旁的这个人气定神闲地排队,不时地玩弄手机,仿佛只是来交话费或取钱的。而我的前半生已因他严重透支。

仿佛又过了许多年。前面只剩两个人了,办事大厅墙壁上的挂钟拖沓地蜗行着。窗口里有两位女办事员,都穿着深蓝色的工作服。年老的面色阴冷,像只黑乌鸦,身体干瘪,鼻梁上架着一副黑框眼镜,头上顶着一个黑网兜;年轻的一头卷发,戴着蓝色的美瞳,满脸青春,像只喜鹊,仿佛世间的悲苦与她无关。毫无疑问,我们将会被分配到年老的办事员处。我隐隐有些失落。前夫说,"乌鸦"应该专门办理结婚,"喜鹊"应该专门办离婚才合理。我想反驳他,世上哪有那么多合理,婚姻本来就是不讲理的,又生生将道理咽了回去。

窗口里"乌鸦"板着脸,像极了我大学时的会计老师，只因我逃了一次课，期末成绩她坚持只给我五十九分，补考之后，还是五十九分，导致我的会计学重修。婚姻这门课，我扑腾了好几年，依旧只考了五十九分，却没有机会也不打算重修了。当年我逃了许多课，只为同前夫约会。这次在民政局，是我们最后一次约会了。

下一个！"乌鸦"叫道。前夫推了推我，我才从恍惚中回过神来。身份证，户口簿，离婚协议书，两张免冠照片，原件，复印件。对了，还有结婚证。"乌鸦"冷冰冰地说。

我顺从地递过各种证件。最后呈上的，是两本结婚证。几分钟后，它们就作废了。我们用它买过房、贷过款，为儿子上过户口、办过准生证，出境旅游用过两次，现在它完成了使命，即将寿终正寝。一大摞证件摆在"乌鸦"面前，来之前已反复检查了三遍。她抬起头看了我们一眼，这一眼有好几秒，这一眼她似乎把我和前夫的十年婚姻都看穿了。

"乌鸦"低下头，开始审查我们的资料。她面无表情地坐在暗白的墙壁前，像准备执刑的刽子手。她黑漆漆的发髻低垂着，像是在默哀。我仿佛置身于一座灵堂，正在向我猝死的围城里的遗体告别。我悲哀地望着她，十余年后，不知我是否也会活成她这样，不苟言笑，面

荒城

色阴沉；抑或像张爱玲那样，枯死在公寓里，久久无人察觉。很快，这种悲凉的情绪被即将重获自由的快感所驱散。她一遍遍地查验我们的所有资料，每一份资料上的每一个字她都认认真真地看得仔仔细细，甚至连前夫打印的离婚协议书上的一个别字，也被她挑了出来。我暗自惊叹，隐隐担忧。

离婚协议书的别字改过来，再复印三份。"乌鸦"生硬地说。

正准备去复印，前夫接过离婚协议书，说，我去吧。

结婚十年来，他仅主动了这一次，却是为了尽快离婚。

五分钟后，前夫奔跑着回来了，将复印资料交给"乌鸦"。她接过，又递过另一份材料，慢条斯理地说，这张也要复印。

能不能一次交代完？我想质问她，却欲言又止。前夫不紧不慢的性格发挥了作用，他乖乖地再次去复印。复印点排着长队。哪里都是人，哪里都要排队，唯独结婚和离婚不需要将队伍分得太清楚。

我站在硬邦邦的大理石柜台前，边等待边百无聊赖地看手机。没有火烧眉毛的事在等我，天没塌，地没陷，父母健康，孩子安好，工作顺利，一切如意。猫病了，衣服没洗，信用卡得还，某个远亲住院得去探望，都只是些鸡毛蒜皮。离婚后，从前的生活规律将被打乱，糅杂了十年的两个人的生活，将被拆分成两条泾渭分明的河，你过你的，我活我的，从此两清，互不相欠。也不可能老死不相往来，毕竟共同拥有一个孩子，但抚养费、监护权、探视时间都在"离婚协议书"上白纸黑字地写着，也不至于扯皮拉筋，伤筋动骨。我开始憧憬未来的单身生活，又有些许迷茫，也许是懒于改变，也许是害怕独处。

下一个！"乌鸦"打断了我纷乱的思绪。

我急了，我还没办完呢！

她头也不抬地说，在旁边等着，下一个先办。

我无声地抗议。抗议无效。

前夫带着复印好的资料来到窗口，"乌鸦"视若无睹，不疾不徐地办理他人的手续，前夫将资料推到她面前，又拖长音道，同志，印好了。"乌鸦"置若罔闻。我将双臂交叉在胸前，挑衅地看着她，她风雨不动。好不容易前面的人办完了，我干咳了两声，她却起身，径直向卫生间走去。

我尾随着她。她在卫生间里待了十几分钟，其间还

荒城

发出痛苦的"嗯嗯"的声音,那声音我太熟悉了。离婚前夕,有一个多月的时间,我都在便秘、小腹坠胀中煎熬,那感觉生不如死。

听到她冲厕所的声响,我忙到洗手池边装模作样地洗手。洗手池只有两个水龙头,我故意将水开得很大,水溅到了她身上。她冷脸离开,我紧随其后,并将水珠甩到她身上,甩出一个可笑的"山",又流成了"川"。

"乌鸦"回到柜台前,又翻来覆去地检查了几遍我们的材料。她手边放着棺材一样厚实的档案盒,她将我们的资料塞了进去,又挖了出来,在极短的时间完成了掘墓的过程。只差拿放大镜验尸了。我是做会计的,每本账目、每页凭证都要经手无数遍,但从没有哪一次像她这般仔细过,我自叹弗如。

请问我们得去交费吗?是九块钱吧?我主动得有些谄媚。

"乌鸦"仿佛聋了。为了掩饰尴尬,我又同前夫开玩笑,这九块钱我来出,算我还你的。

离婚协议有没有异议?"乌鸦"抬头问。在她眼中,我捕捉到了瞬间的柔光。

没有。我和前夫异口同声道。

要不要再考虑一下？毕竟你们在一起十年了，也不容易；孩子也这么大了，离婚对孩子有很大的影响。她看看我，又看看前夫。她期待的眼神，让我想起了无数次劝阻我离婚的母亲。

我迟疑片刻，摇了摇头。前夫看了看我，低下了头。

"乌鸦"开始审阅我的户口簿，每一页都被她翻了好几遍。离个婚也要查户口吗？我和前夫分别有一本户口簿。为了孩子读书，我和孩子另立门户。而出生在某小县城的前夫原本是单位的集体户口，每次办事都非常烦琐，所以，他将户口落在我母亲的户籍上。为此，我曾调侃他是"倒插门"。不久，他将被我家"清理门户"。

从我们递资料到现在，已经过去二十六分钟了。旁边的"喜鹊"已接连办完了五六对结婚和离婚的，而这"乌鸦"却磨磨叽叽、拖拖拉拉的，成心坏我们的"好"事。我盯着她的黑发髻和那张冷脸，骤然意识到了什么，她也恰巧在看着我。我的心一颤，莫名感到慌乱。

她正准备盖章，手突然停住。她放下钢印，将黑框眼镜向上推了推，随后用鹰一样的眼睛紧盯着户口簿，又盯着我，得意地将户口簿推到我面前，高声说，这里有问题。

什么问题？我和前夫异口同声地说。

这个户口簿上的印章太模糊了，得重新盖。终究还是被她揪到一处漏洞。"乌鸦"赢了。

我和前夫辩驳道，我们拿这个户口簿买房、贷款、办孩子的出生证等都没有问题，怎么偏偏到你这里就有问题了？

她高扬起头，正色道，这个章子必须重新盖，不然办不了。

可是，这是我老家湖北的户口簿，我总不能为了这个章子特地飞一趟湖北吧？机票钱你出吗？

你们自己想办法。她生铁似的话扔了过来。

你就是故意刁难我们！我顾不上什么淑女风范，冲她叫起来。

性格温吞的前夫也气冲冲地说，我要投诉你。

"乌鸦"将左胸上的工号牌拉扯到我们面前，109号，你们随意。

我差一点朝她拍起了桌子。难怪办事柜台要用坚固的大理石，否则柜台早塌方几亿次了。

我和前夫带着满腔怒火，并排冲出婚姻登记处，又卡到了狭窄的门口。他做了个"请"的姿势，我白了他一眼，抢先而出。

她一定处在更年期。前夫说。我刚准备夸赞，前夫又补充了一句，像你一样。

我冲着他逃窜的背影狠狠地啐了一口。

女孩举着录音笔的手停在半空，她的水性笔半天没有在笔记本上记一个字。半晌，她才回过神来问，后来你们离成了吗？

我笑了笑，反问道，你第一次听人谈论离婚是什么感受？

这个婚，我是离定了。这个人，我一次也不想再见到了。再在这围城里多待一天，那把无形的钝刀就多宰割自己一天。我一旦决定了，就纵使头破血流也要走下去。当初不顾他一穷二白，不管双方父母强烈反对，渡过千难万险拼了命地同他在一起，如今，也要毅然决然地离开他。

我委托远在武汉的姐姐替我赴派出所加盖一枚公章。

收到户口簿的那一刻，我对着大红本发了一阵呆。十年的记忆纷至沓来。

每个月的那几天，他都会为我冲红糖水；他不抽烟，偶尔喝点小酒，不赌，不嫖，也十分顾家；他胸无大志，

荒城

也不守时,却以我为荣,时常在同事和朋友面前骄傲地说,我老婆是个作家。他是个恋旧的人,喜欢回忆我们在大学时的故事。而回忆时常令我疼痛。我们,究竟是从什么时候开始越走越远的呢?

这七天里我们相敬如宾,一团和气,过了结婚十年以来最和平的日子。没有争吵,没有抱怨,没有如胶似漆,更没有难舍难分。我们都收敛起锐利的刺,彬彬有礼,和蔼宽容。我和他依旧睡在同一张床上,睡在各自的楚河汉界边,从不越轨。

我小心翼翼地将红本放在他面前,说,明天一早,就去办吧。他说,明天还得上班呢。明天周六你上什么班?他沉默了。这一晚,我抱着硬邦邦的户口簿睡觉。明天就可以心想事成、得偿所愿了,照理我应该睡得特别香甜,可为什么反复在床上翻腾,凌晨三四点才睡着?

元月十日。我和他都拖沓到九点才起床。

去吗?

他没有回答。

还是去了。

这一次,我们做好了充分的准备,把所有的原件、复印件都颠来倒去地检查了好几遍，不仅一样都不缺，还多准备了一套材料。这次，应该万无一失了吧。

临出发前，我和前夫还共同商议了对付"乌鸦"的对策。我们的意见空前一致，似乎我们是去结婚的，而不是去离婚的。当我们高声谈论"乌鸦"，并将她贬得一无是处时，说着说着，两个人都沉默了，空气安静得可怕。我看了看他，他将头扭到一边；他看了看我，我迅速埋下头。去婚姻登记处的路上，我们一句话都没有说。

六公里的路，漫长得像要走半辈子。我依旧坐在他的电动车后座上。这老旧的"电驴"，像性子疲沓的前夫，垮三垮四，丁零当啷的。我将车后座抓得紧紧的，我不会再抱他的腰了，从前抱着他总是胆战心惊的，生怕会被汽车撞飞、被大风刮跑，会身无分文地游荡在街头。今天过后，我就能解脱了，我将去寻找属于我的安全感和自由。办完手续回来，我应该不会再坐这辆车了，肯定不会再坐了。这辆车已经残破了，载不动我的明天。我宁愿挤公交车、坐地铁、骑单车，也不会再同他一起走下去了。我准备提前下车了。

网上说："当一对新人的爱情发展到如火如荼的地步时，婚姻登记自然是最紧要的步骤。"这简直是极其荒唐的谬论，爱得如火如荼就可以结婚了？不用考虑门当户对、事业、性格、性等因素吗？此刻，我和他已经对彼此恨得如火如荼了，我们像两个不共戴天的仇人，一见面就剑拔弩张，你死我活。这日子再煎熬下去也是枉然。不如，如荼地离吧。

我豪情万丈地冲进婚姻登记处，恍如隔世。依旧是长得无望的队伍，结婚和离婚的掺杂在一起，分流到两个窗口，窗口里坐着两个办事员，一个是热情大方、活泼可爱的美少女，另一个是盘着黑发髻的面瘫似的中年妇女。七天过去了，一切仿佛凝滞在昨日。我再次见到"乌鸦"时，竟莫名地生出一种奇异的感觉，她依旧板着脸，只有碰到结婚的新人才挤出一个古怪的笑容。

漫长的等待中，我神游四海。网上许多关于婚姻登记处的故事，有人大打出手甚至动刀子，也有人深情拥吻，在门口摆满庆祝的蜡烛。还有一对夫妻在门口放起了十万头的鞭炮，后果是两人被罚了两千元钱，因为闹市是不允许放鞭炮的。如果可以，我希望倾尽所有，放一场盛大的烟火，燃尽我十年的错爱。

我的脑际响起噼里啪啦的鞭炮声，还有鱼死网破的争吵声、孩子撕心裂肺的号哭声，更有不合时宜的亲吻声。大脑一阵剧痛，索性起身，在这间散发着腐朽气息的屋子里四处游逛。

婚姻登记处沉闷而乏味，唯一受欢迎的地方，是新人宣誓的礼堂。旧人们办完事立即撒腿走人，越快越好，新人们则要在礼堂内庄重宣誓。不大的礼堂布置得像喜庆的洞房，又似一个深不可测的洞穴，将一对对憧憬幸福的人引诱进去。礼堂里分布着瓶瓶罐罐形状的陈设，桌子像抽油烟机，椅子形同垃圾桶，无不在暗示新人们即将面临柴米油盐的庸常日子。我仿佛闻到光鲜的礼堂散发出陈腐的味道，又仿佛感到玻璃柜台弥漫着颓废的气息。更可笑的是，柜台上摆着一个大红色的糖果匣，里面堆着印有大红"囍"字的糖果。每对离婚的人办完事即将离开时，办事员都会对他们说，吃颗糖吧，生活总会继续甜下去的。有些人会接过喜糖，莞尔一笑；有些人则怒气冲冲地投过一个白眼，继而黯然离开。

我的糖呢？谁偷走了我的糖？

快轮到我了，前面还有三个人。我应该会分到"乌鸦"那个窗口。事成之后，我一定要狠狠地质问她为什么要刁难我们，家乡派出所的人说原印章根本没有问题，而她非得让我们一而再再而三地往这里跑，耽误了我们

荒城　　43

整整一周的宝贵时间。

我前面还有两对。最前面的一对是两个中年人,两人亲热地交头接耳,女人还不时地在男人身上轻捶两下。这一对真令人羡慕啊,他们应该是来结婚的吧,这么大年纪应该是二婚。在婚姻这条湍急的河流里屡次冲浪的,是大无畏的勇者。两人来到"乌鸦"的窗口,不到一分钟就被拒绝了。中年男女不服气地高声同她争辩,凭啥不批准我俩离婚?我凑过去,竖耳窃听。"乌鸦"不急不恼,冷漠地说,我只办"真离婚",不办"假离婚"。中年女人狡辩道,凭啥说我们是假离婚?"乌鸦"头也不抬地说,为了买房离婚的,我见多了。下一个。

我前排的一对见缝插针,来到"乌鸦"的窗口。于是,我和前夫鬼使神差地排到了"喜鹊"那边。经过"乌鸦"的窗口时,我看了看她,她也瞅了瞅我,投过一个意味深长的眼神,那眼神像一把刀。

"喜鹊"看上去比我们小很多,也许还未结婚。她露出职业性的微笑,一次性检查完我们所有的证件,又抬头扫视了我们一眼,随后熟练地啪啪啪,在证件上盖上几个大红的钢印。

在这里签个字。她指着一处地方。

前夫犹豫着在上面签了三个歪歪扭扭的字。见他签了，我面无表情地刷刷刷写上自己的名字。

"喜鹊"麻利地在三分钟之内办完了所有的流程，又将两本红证扔给我们。我和前夫面面相觑。

完了？我难以置信地问。

完了。她如释重负地说。

我准备了充足的剑和戟，却误入一个全无对手的战场。我不敢相信这是真的，质疑道，不收工本费吗？

2015年开始就免收了。她的声音里透着愉悦，仿佛是在祝贺我们新婚之喜。

十年前，结婚证的工本费九元钱是前夫支付的。当时他戏谑道，就算你欠我的，用下半辈子来偿还吧。我将四点五元现金交给他，他坚决不收。如今，我连偿还的机会都没有了。

我曾试着撕毁那张作废的结婚证，却扯不动。它异常坚挺，纹丝不动。电视和小说里动不动说"将结婚证撕得粉碎"，这个谎言被我撕得粉碎。

廉价的婚姻，稀疏的爱情。九块钱买断了我十年的青春和激情。我和前夫真真切切地领到了两本厚厚的离婚证，一本是他的，一本是我的，看上去一模一样。结婚证和离婚证都是红色的,看上去大同小异,只不过离婚证的颜色更晦暗,像一摊疼痛的月经血。

我同他谈了十年的感情,又依靠法律终结了婚姻。没有撕扯,没有纠缠,没有不堪,我们体面地说后会无期。

窗口那头,干瘪的"乌鸦"依旧板着脸,低着头,仔仔细细地拾掇大理石柜台上的"棺材"和其他物件。我同逝去的什么告别,这位中年妇女猛地抬起头,看了看我,又看了看他,那眼神像一张网,刺痛了我。

走出办事大厅的瞬间,我回头往柜台深深地看了一眼,她也正巧看着我,目光交会的一刹那,我们似乎用眼神说了些什么。又似乎什么都没说。

我像个贼一般飞快地逃出办事大厅,发觉手心不知何时多了一块糖。大红的糖纸上,印着一个鲜艳的"囍"字。

女孩沉浸在我的故事里,我将一块用大红色糖纸包裹的糖块递到她手上,对她说,吃颗糖吧,生活总会继续甜下去的。

(原载于《延河》2021年第9期)

火 笼

八月五日是我和李保国结婚十九周年纪念日，我们分别告诉火龙果：这一天，方卉和李保国将正式离婚。

事实上，紧张而焦灼的十五年过去了。当我试图摆脱羁绊，吐露绝望的叹息，目光却在寂静的屋顶上逡巡。

那个人嗜火龙果如命，早中晚各一个，夜宵还要再添一个。一见他吃火龙果，我便捏着鼻子，躲得远远的。

那个人不解："我吃的是榴梿？"

一个火龙果一两斤重，至少耗费八块钱，他几口下肚，我一天的菜钱就没了。我只舍得吃两三块钱一斤的香蕉、苹果和梨。火龙果里密密麻麻的"芝麻"，也让我这个密集恐惧症患者极为不适，一见火龙果便会起鸡皮疙瘩。心里也有疙瘩。火龙果属仙人掌科，生在长长的、爬满尖刺的枝条上。我曾被仙人掌扎过，伤口发了炎，留了疤，心有余悸，恨乌及屋。

那个人时常念叨"一天三个火龙果，老汉也能赛小伙"，每听一遍，耳朵都会生出一层老茧；每看他一眼，都会觉得余生无望。赛小伙？这个糟老头想干吗？他之前是我甜得发腻的"爱人""亲爱的""达令""相公""官人"……如今沦为"喂""李保国""胖子""他爹""猪"，等等。这些年来，他倒是蛮执着，对我的称呼一直没变，高兴时叫我"老婆"，不快时直呼"方卉"。

我方卉像水果店的苹果、橘子一样普通，只考上了

火笼　49

大专，又花费五年时间自修了本科，毕业后在一家事业单位上班，拿旱涝保收的工资。我来自省城的寻常人家，李保国是考进城里的凤凰男，本来两个人八竿子打不着。但我想在三十岁之前将自己嫁掉，离三十岁生日还有五天时，偏巧遇到了李保国，偏巧大龄青年李保国也想找个人结婚。我脑子一昏，与他一拍即合，我俩就鬼使神差地领了证。

没有花前月下，没有卿卿我我，没有轰轰烈烈，结婚第二天我和李保国就像一对老夫老妻，相敬如宾，分工明确。他说，这才叫过日子，这样才能细水长流。我天真地以为这就是婚姻，结婚就是找个人搭伴过日子。但从第二年开始，这日子过着过着，就过成了潲水，带着馊味。

这场婚姻在五十多平方米的房子里，一沤就沤了十五年。

我是一尾不甘寂寞的鱼，不愿干涸在绿苔丛生的池塘里，很快就在寡淡的生活中寻到了鲜活的乐趣。

那天，那个人一下班，刚进门，旋即退了出去。见没人搭理他，又讪讪地走进来，阴阳怪气地说："我莫不是走错地方了吧？"

"请问您找谁?"我笑语盈盈。很久没有对他笑过了,日子越过越可笑,最美的笑是自嘲。

他换上拖鞋,蹑手蹑脚地进门,又反剪着手,像领导检查工作似的,东瞅瞅西摸摸,指点江山,指指戳戳。

"我家变成了植物园?"

"好看不?"我想讨来一句夸赞,尽管我深知这比把别人的钱装进自己口袋还难。

"种这么多花干吗?能填饱肚子?"

"白菜能饱肚子,可它好看吗?"

"既不能吃又不能喝,瞎浪费钱。"他戳着一盆文竹说。他每戳一下,我的心就随之一颤。

"都是我花自己的钱买的,没浪费您老半毛钱。"

"你的钱不就是我的钱?这个家还没散呢,共同财产懂不懂?懂不懂?!"公务员李保国同志用食指重重地边敲玻璃边开始翻旧账,"非要把你妈我妈分得那么清楚,非要把一家人过成生分的两家人,有意思吗?"

无聊至极。

两个多小时里,两个无聊的人你来我往,你枪我剑,你矛我盾,在死胡同里无限循环,激烈交战,直到李保国竖了白旗,躲进书房,一场旷日持久的战役才暂时消停。谁都不是赢家,双方都挂了彩,剑拔弩张地迎接硝烟后的冷战。

身处同一屋檐下,总不能老死不相往来,纵使恨得咬牙切齿,也得故作云淡风轻,若无其事地在同一张桌子上就餐,在同一张床上共眠。那滋味,生不如死。

孩子在校住读,家里仅剩两个不共戴天的仇人,一日三餐也是随意敷衍。半小时后,一道蒜蓉小白菜和一盘番茄炒鸡蛋端上了冷冰冰的餐桌。呸!他从白菜里吐出了一粒沙。我冷眼旁观,低头吃炒煳的鸡蛋。人心情不佳,连鸡蛋都敢碰你这块愤怒的石头。

"天天吵架,饭也做得味同嚼蜡。你就不能像别的女人一样,温柔一点?"

一听到"温柔"这个词,我顿时像被点着的鞭炮。

"谁说女人就一定、必须温柔?"

"大家都这么说,中国五千年历史都是这样的。"那个人振振有词。

"大家都认为的事,就一定对吗?你能代表大家?还五千年历史?温柔?外面有人一百块钱就可以给你春天般的温柔,你上外边找去呗。"

"简直不可理喻!"他右手猛劲往下一捶,拳头不偏不倚地撞到了一棵仙人掌上。他将刺猬手举到胸口，痛得龇牙咧嘴。

生活再一地鸡毛，陪陪花草，心情便转瞬大好。每天一睁眼，我便开始进入我的花草世界，浇水、拔草、施肥、驱虫、赏花等，睡前也要闻闻花香才能安眠。花草是和平安详的，看它们时，便不用看这个世界的脸色。

很快，有人就给了我点颜色让我瞧瞧。我从一盆青翠欲滴的绿萝里挖出了一个摁进土里的烟头，过滤嘴上写着"黄鹤楼"。我捏着烟头，将它扔进了李保国的漱口杯里。

第二天，我在一盆欧月月季里发现了一小堆茶渣。我用筷子将茶渣一一夹进了垃圾桶，又狠狠地在李保国的皮鞋上踩上了一个活生生的脚印。

第三天，一直到第六天，我的植物里都出奇的干净，不可思议，匪夷所思。第七天，李保国被我抓了现行，他正吹着口哨，将喝剩的水泼到我的盆栽里。那剩水还冒着热气。我从茶几上一把抓起他削好的火龙果扔进垃圾桶，形成了一道优美的抛物线。

我的绿植盆成了李保国的垃圾桶和废水缸。三个月之内，我的两盆月季走了，一棵风信子夭折了，四盆多肉植物烂根了，一株巴西木风干了。花草们的好日子到头了，也许，我该过一种没有杂草的生活。

我固执地认为，对于我的植物发育不良与死亡，李保国有不可推卸的责任。除了将我的绿植盆当成垃圾桶和废水缸，他还成天同我吵架，有事无事就对着这些柔弱的植物含沙射影，指桑骂槐，就算是一座山也会被他骂矮了，一块铁也会被他诅咒得生锈了。但凡家里还有一盆花，他就会将其视为肉中刺。而我是那根最锥心的刺。

朋友从澳大利亚寄来一包袋鼠爪花种子，途经帝汶海、班达海、西里伯斯海、南海，不远万里才来到我的蜗居，我花了两个多月才将它们种成几株像模像样的植物。李保国却同它们铆上了，袋鼠爪开出的第一朵花上飘着烟灰，次日，这朵花就灰飞烟灭了。不久，这株植物上长出了一个可爱的小袋鼠爪子，李保国觉得新奇，竟将爪子生生折了下来，美其名曰"科学研究"！自那以后，那株袋鼠爪再也不开花了；再后来，它悄无声息地一命呜呼。

我抱着空荡荡的花盆对李保国说，离吧。

李保国惊诧地回头，手中的一株植物险些落地。那株植物长得疙疙瘩瘩的，奇丑无比。

他似乎根本没听到我刚才的话，嬉皮笑脸地说："老婆，我错了，为了谢罪，特奉上一棵绿植，聊表心意。"

"仙人掌？"

他不无鄙夷地说："亏你还自称爱花，这不是中看不中用的仙人掌，而是可以吃的火龙果。"

"你要是能种出火龙果来，那铁树也能开花了。"我嘴角微扬，鼻子一皱。

他不服："我要是种出来了呢？"

我晃着结婚证，说："给你一个期限，一年内你要是能种出火龙果来，我们就勉强过下去。"

李保国拍着胸脯，满口答应。

李保国准备将火龙果种在被他荼毒过的袋鼠爪花盆时，犹豫了一下，换了另一只盆。这只陶瓷盆里曾种过一棵小雏菊，生生被他吵死了。他又找来小铁锹，笨拙地将火龙果的老枝埋进土里，种完，他满身是汗。他栽好了火龙果，却忘了浇水。我本想提醒他，想想，算了，以后他会随时将所有的剩水倾倒进去，很快那株火龙果就会在他手上夭亡。

他将那盆蔫巴巴的火龙果放到了客厅最显眼的位置，

又对着它喃喃自语:"以后,这个房子里就只剩我和你这两个孤魂野鬼咯。"

我以为,他这样憎恨植物的粗人,是断不可能养活一棵植物的。有人种什么活什么,有人天生是植物和动物的杀手。对待植物和动物,就像对人一样,也得细心、耐心,再加上几分爱,缺一不可,否则只能种出歪瓜裂枣。他这盆火龙果,歉收是必然的结果。

我本以为李保国独占火龙果,我拥有几十盆绿植,各自为政,互不干扰,不料他旧习不改,照样侵犯我的领土,在花盆里投烟、泼茶、烫花,对待自己的火龙果却像大爷一样伺候着,盆里干净得连一颗小石子都没有,还剪掉孱弱的枝条,只留一根壮硕的。我屡次恶从胆边生,想报复火龙果,残忍地杀伐它,又忍住了。作为一个善良的养花人,我不允许自己成为一个刽子手。

李保国每天按部就班地上班下班,快五十了,职位还在原地踏步。家中多了一棵火龙果,让他的满腹牢骚有了去处。

"果果啊,你看,你哥真不争气,真没用。跟你哥同一天进单位的小陈,现在应该叫老陈了,人家都升到正处了,你哥还只是个副科,难怪被人瞧不起。活该!"李保国指着火龙果说，"你活该！"

我看着李保国，又看看火龙果，想笑，却笑不出来。

"你看对门的老王，人家的闺女考上了清华，又去美国留学，嫁了个老外，生了个洋娃娃。你哥呢，同样生的闺女，只考上一所中专。当初你哥要是有点能耐，闺女也能上个好点的学校，你说是不是，龙龙？果果？"

女儿的事，我也十分愧疚。可我一介布衣，只能养活万年青、富贵竹、发财树等大路货，袋鼠爪、落新妇、铃兰这样的洋货，我怎能高攀得起呢？

"听说现在美国新冠疫情非常严重，老王的闺女想回国，就是回不来。还是自家的闺女好，没事就在家帮爹妈做饭，虽然没什么大能耐，但也没让人操过心。这样的闺女不是替别人养的，也不是替别国养的，没白养，不是白眼狼！"

每天洗脸时，听新闻时，下班后，晚餐后，散步回来，李保国都会找火龙果聊天。天文地理，单位人事，东家西家，陈芝麻烂谷子，无所不谈，有时还会即兴赋诗一首，什么"黑夜是白天浓密的长发""我家的白猫其实是一只花猫，它既爱老鼠也爱鱼"之类的酸腐诗句。

有一次我问："嘴上还挺有一套，怎么不上那个最近挺火的《奇葩说》?"

李保国穿着一件羽绒服,空摇着一把写着"难得糊涂"的折扇,慢条斯理地说:"男人啊,吃了亏、受了伤也不能哭,只能忍着,心里难受,也得憋着,找谁诉苦呢?爹妈?还是算了吧。同事吗?说者无心听者有意,指不定哪句话就被人穿了小鞋,影响你的升迁。说给哥们儿听吗?现代人有几个真朋友?不找你借钱就不错了。我的几个发小基本全离了,二婚的也过得愁眉苦脸的,成天跟我诉苦。我这几肚子苦水又跟谁倒去?你吗?"

我灰溜溜地继续给花儿们浇水,将满满一壶水倒进花钵。它们兀自生长着,丝毫不顾及周遭心事重重、矛盾重重的人。

那棵火龙果越来越瘦小,蔫不拉叽的,似乎一阵风就能将它吹倒。前不久,一阵台风将它连根拔起,李保国心疼不已,像呵护情人一般,细心地重新培土、育肥,还轻言细语地安慰了它一番。

"果儿啊,咱不怕,咱什么大风大浪没见过?女人瞧不起咱,咱就拼命活出个人样。你看你在满身荆棘的环境里,照样活出一颗柔软的心,哥敬你是个爷们儿!你要快快长大快快发芽,开花,结果,结一阳台的果子,气死那些香花毒草！"

原来李保国种这一棵火龙果，是为了对抗我的几十盆绿植。

几天后，他的火龙果重新扎了根。我的花花草草们也依旧蓬勃。

许是受了李保国的感染，我也开始对着我的花草们自言自语。可它们全是无心的，无论我说什么，它们都置若罔闻。我开心，它们开心地生长；我痛苦，它们开心地生长如昨。我愤懑，这么多花儿，怎么就是没有一棵能懂我呢？

我突然羡慕起李保国的火龙果，它是有灵性的，虽不能言语，但仿佛听得懂人话。于是，趁李保国不在时，我也会对火龙果絮叨，闹心的，烦心的，伤心的，揪心的，一股脑儿倾倒给它。李保国不便直接对我说的话，他也会七弯八绕地通过火龙果来传达。

"果儿啊，我不想离婚。我快年过半百了，一事无成，孩子也没多大的出息，婚也快离了，老伴也要跑了，你说，我活着还有啥意思？"

火龙果的长臂在风中摇摆，倔强的刺随长臂一会儿点头，一会儿摇头。

火笼

这株火龙果成为我们之间一根奇怪的纽带，似乎我们的话语，我们微妙的感情，它都能了悟，但它终日缄默。也许它上辈子是只刺猬，百毒不侵。

一转眼，这只"刺猬"在我家阳台上住了十一个月了，虽然蹿到了一米多高，但像一张死守秘密的嘴，隐忍着，再无动静。我望着李保国，意味深长地说："还有一个月。"

这一个月，我和李保国都小心翼翼的，我们既期待，又恐惧。不知怎的，离婚的消息传到了女儿耳中。她坚决反对，还声泪俱下地说："我还没成年呢，你们能不能等我年满十八岁再做决定。"见我和李保国都沉默，她又威胁道："你们要是敢离，我就敢跳楼！"一向温顺的女儿将我们吓住了，从此再不敢提"离婚"二字。也不是没提过，不过都是气极了、伤透了，才向那棵火龙果提。

次年，火龙果倒是长了两根侧枝，但身高仍是一米多，像个发育不良的孩童。李保国拔下一根刺，怨愤道："两年了才长了这么一丁点，你倒是争口气呀！"

"今天那个老太婆又跟我吵架了，天天闹着要离婚。你说离了她能找着更好的吗？我不过是有些小毛病，但人无完人，谁还没点脾气呢，但也不至于离婚啊。野草哪有家草壮,夫妻还是原配的香。"

"我天天陪你解闷儿,你就不能吱一声?也对,你是一棵草,怎么能说话呢?你隔壁的菊花都开了一茬又一茬了,你怎么还像个石女一样,就是不开花呢?我这样爱你,天天给你浇水,陪你唠嗑,还是感动不了你吗?你的心是铁做的吗?你改名叫铁树算了。你这个水货,赝品,大忽悠!"

"忽见天上一火龙,疑是玉皇在抽烟。如果玉皇不抽烟,为何天上一火龙。"李保国边抽烟边摇头晃脑地吟道。

这词儿改的。我边笑边狠拍他的肩膀。许多年没有肉体接触了,我已经不记得同他在一起时心跳加速的滋味了。

我没好气地说:"火龙果都快被你唠叨死了。你哪是在种火龙果,你分明是养了一个出气筒啊。它吸收了那么多负能量,怎么可能开花、结果呢?没枯死就算是对你最大的尊重了。"

我不允许自己枯死在围城里。这一年,我突然开了窍,事业像我种的泡桐一样,节节攀升。我升了职,加了薪,愁白的头发又恢复乌黑。而李保国始终原地踏步,上了十几年班,还是个小出纳。

这一年,我在花盆里种下了一株桃花。我每天痴痴地看着桃花,满腹心事,无人可诉,不敢也不能说给火龙果听。李保国似乎意识到了什么,开始天天呵斥火龙果,像在吼一个无辜的孩子,又像在教训犯错的下属。

那天,我呆呆地看着一朵娇艳的粉桃花,桃花里映出一张令人怦然心动的脸,那张脸很快被李保国所取代。他定定地盯着我,盯得我低垂下了头,像那株失神的火龙果一样。

"种什么果子,现在就去办!离!谁缺了谁还活不成了?"他一把拔出火龙果,又踢了一脚。"唉哟!"李保国一声惨叫。他穿着人字拖,火龙果的利刺牢牢地咬住了他的大脚趾。他费力挣脱,却甩不掉。最终,他认了命,颓丧地坐在沙发上,用手将火龙果的刺拔了下来。

火龙果的刺在他脚上留下斑斑血迹,这是火龙果给他的下马威。请神容易送神难。那次,我们惊动了四个老人。反对最激烈的人是我的母亲。母亲无条件、无原则地支持我、包容我,甚至我投资失败亏损巨大,母亲也没责难过我半句。如今,一听我要离婚,一向温和的她突然暴跳如雷,拼命指责我不守妇道,不尽妻职。母亲还说，一旦离了就再也嫁不出去了，离婚的女人一钱不值，孩子跟谁都不幸福，以后长大了嫁人也很难幸福……母亲喋喋不休地讲了几个小时的大道理，苦口婆心地劝我不要离不能离，咬着牙也要过下去。我基本上没听进去，只是纳闷，我离婚怎么就会影响到女儿将来结婚呢？

李保国照旧每天对火龙果说话。一吵架，他就将怒火悉数发泄到火龙果身上。屋子里的李保国像一头狂躁的野兽，外人眼中的李保国却和蔼、面善，逢人便笑，是个老实人。

这个老实人白天在火龙果面前唠叨，夜晚在我梦里唠叨。我推他，他睡得死沉死沉的；我踹他，他翻个身继续呼呼大睡。听着他巨雷般的鼾声，我忍无可忍，索性抱着被子将自己摊到客房床上。我在自家活成了客人。

天一亮，李保国就同火龙果拉起了家常："我老婆嫌我的鼾声吵得她整夜睡不着，还闹起了分居，抱了被褥去小床睡。我挺委屈的，打不打鼾也不是我能决定的，我能捏着鼻子睡觉吗？我能不睡觉吗？我怀疑打鼾不过是她想离婚的借口。果果，你听到我打鼾了吗？"

"走吧走吧，都走吧，我一个人睡觉也蛮清静自在。"

火笼　63

"唉，孤枕难眠呐。老婆孩子热炕头，我现在是一无所有了。我曾经问个不休，你何时跟我走，可你却总是笑我，一无所有，噢噢噢噢……"

"果果啊，那个老太婆这几天又在我耳边唠叨，说女人离了婚照样可以活得精彩，还举了董明珠、'老干妈'等等比仙人掌还蜇人的女人为例。我不好当面怼她，即使离了你也成不了董明珠、'老干妈'，你只会渐渐变成一个絮絮叨叨、又老又丑的老大妈。"

"老婆，我现在不打鼾了，因为我失眠了。"

我也失眠了，一醒一醉就是三年。第三年，火龙果羞羞答答地开了一朵白里透黄的大花。李保国本指望它开花后就能结果，结果那朵花当天就萎谢了。李保国空欢喜了一场，当场就动了气，发狠道：

"到下个月就养了你三年了，三年还不结一个果子，养你还不如养条狗！"

"养条狗还知道对主人摇尾巴呢，自打你进门，家里就鸡飞狗跳的，留着你有屁用，明天就把你挖掉！"

第二天，火龙果还健在，李保国承认自己放了一个屁。

火龙果让李保国恨铁不成钢。所幸女儿十分争气，十八岁生日,考取了一所专升本的院校。懂事的女儿做了一桌好菜,又将我和李保国双双邀请到餐桌前,为我们各斟上一杯干红。她举着酒杯认真地说:"老爹,老妈,谢谢你们这么多年来对我这个不争气的女儿不离不弃。其实我比那棵火龙果还笨,既不开花也不结果,但你们从来没有放弃我,还为我忍了三年。你们每天跟火龙果说话、吵架、斗气,我看着心里挺难受的,火龙果要是个人,早被你们吵死了,好在它刺多,命硬。我今天满十八岁,成年了,你们也可以选择自己真正想要的生活了。来,祝福你们离婚快乐,干杯!"

女儿将杯中物一饮而尽。我和李保国面面相觑,强咽下一口苦酒。

我和李保国像两株狗尾巴草,呆头呆脑地长在自己的花盆里,一整天都不言不语。三年来,李保国头一次一整天都没有同火龙果说一句话。

第二天,这两株狗尾巴又变成两只沉默的羔羊,默契地前往民政局,却被告知证件没带齐,不予离婚。

那夜,我对着火龙果流了一晚的泪,边流泪边把这十九年的生活尽数倒给火龙果听,从相亲、结婚、怀孕、生女,到和李保国第一次吵架、分床而眠、提离婚、

火笼

离婚未遂等，如泣如诉。深夜里，火龙果睁着两只红肿的眼。

火龙果被我和李保国打入冷宫，没有人愿意多看它一眼，同它多说半句话。倒是女儿，似乎受了我们的传染，每天都会戴着耳机，在火龙果面前咿咿呀呀地，唱谁也听不懂的歌。

这一次去民政局是李保国主动提出来的。头一天，他边抽烟边对着火龙果说："你这个丑八怪，我错爱了你三年，我从来没有伤害过你，你为什么就是焐不热呢？明天，我如果离成了，就一定把你挖掉！丢到臭水沟里！不挖我不是男人！"

这一次，我和李保国拖拖拉拉地直到下午三点半才到达民政局。民政局门上挂着一把大铁锁，还贴着一张搬迁告示。连办结婚证的地方都会变，哪有什么情比金坚的婚姻哟。

这一次回到家后，李保国天天对火龙果发火，开口必言要将它挖掉，丢进垃圾桶，放一把火烧掉，埋了，鞭尸。他还说："你长得这么丑，哪里像龙了，还火龙？骗人是犯法的，知道不？人贵在真实，不对，你不是人，可你更不是人中之龙。你火吗？你只会让人上火。我辛辛苦苦养了你三年，隔三岔五地浇水、施肥、捉虫、换土，还给你听音乐，你这是享受了五星级总统套间的待遇啊。我养的不是花，是请回来了一个爹。你怎么就是不给我争口气呢？三年了，连一个果子都不肯结？你看隔壁的花花草草，开了一茬又一茬，结了一年又一载，而你这个不求上进的家伙，好歹也开朵花，象征性地结个小果子出来啊。难不成你真是一棵铁树，可是铁树也能开花呢。你是块养不熟的生铁，铁石心肠。不等你生锈我就要把你淘汰掉。现在不都时兴末位淘汰吗，我好几次差点被淘汰了，要不是我老婆帮我想办法，我可能现在天天在家陪你、骂你了。男人失业是一件多没面子的事啊，虽然我混了这么多年还是个小出纳，没有人瞧得起，但是我干得也蛮开心的。当领导有什么好？无非就是工资高点，但是，'三高'比工资奖金还高。还是做个平头百姓幸福，可以喝点小酒，打打小牌，钓钓鱼，跑跑步，这些都不至于违反'八项规定'……"

　　第三次，我们约定上午九点到民政局新址。我从上午八点半等到民政局下班，也没有等到李保国。回到家，见火龙果被连根拔起，扔到了阳台上。它已经生了长长的根须，根根锥刺凌厉地挺着，任你骂它，欺负它，它都安静承受,绝不反抗,也不向任何人低头。我默默地将它重新送回盆里。

八月五日是我和李保国结婚十九周年纪念日,我们分别告诉火龙果:这一天,方卉和李保国将正式离婚。这一次,我无论如何都要离。

一日清早,李保国提着裤子,急匆匆地往厕所跑。不久,他又跑了回来,停在火龙果面前不动了。随即,他发出震耳欲聋的叫声:"火龙果生了,火龙果生了!"

我和女儿听闻,慌忙从房间出来,冲到阳台上。这棵神仙火龙果,竟结出一个乒乓球大小的果子,粉嘟嘟的,像女儿刚出生时稚嫩的小手。女儿伸出手欲采撷,被李保国严厉喝止住。

"等它长大,长到十八岁!"女儿嬉笑道。

二日,火龙果噌地开出一朵花,又生出一个崽。四日,火龙果"生"下第三个孩子。

李保国乐得跟孩子似的,天天夸那三个娃,说它们绿肥红瘦,模样周正,又水灵,营养丰富,好像都是他生出来的。他若早这么夸我,夸我的花花草草,又怎会有今日的针尖对麦芒?

他一天要瞅八百遍火龙果,吃饭时、睡觉前念叨的都是火龙果，一如当年他喜得千金时的狂喜。他还顺带喜欢上了我的仙人掌，也主动熬了芝麻糊端到我面前，像照顾一个坐月子的母亲。

他一改先前的愤世嫉俗，对所有的人都低眉顺目，谦卑和善，似乎骤然间拾得一颗巨钻。他举手投足间透着满足，带着感恩，为这突然长出来的三只火龙果。他不再詈骂火龙果，反倒天天为它们播放优美、曼妙的音乐，我和女儿成日沐浴在花的海洋和音乐的天堂里。

家中出奇的宁静、祥和，间或传出一只猫的喵呜声。阳光打在墙上，墙上的手撕日历上，写着一个"八"和一个"五"。

三只火龙果伸着火红的脑袋低调地悬垂着，在风中一动不动。

（原载于《大家》2021 年第 6 期）

陈 香

夜空中掠过一只灰鸟，停在荒芜的城市一隅。麦田里的守望者刘玉玲突发奇想，问唐小宁，初恋会过期吗？

如果不是发生这么多意外，我们也许还要再等二十八年。刘玉玲看着唐小宁微微发白的鬓角说。唐小宁盯着她空空的十指，说，是啊，我们就像经过二十八年前的山路，转错任何一道弯，我们都会错过。

这二十八道弯，刘玉玲用了两天的时间，转山转水才来到唐小宁身边。

刘玉玲每年春节才回一趟武汉老家，这次"五一"回来，是为了替父亲庆祝七十大寿。

寿宴的第二天，母亲说要回一趟娘家新安县，刘玉玲立即提出同母亲一起去。外婆离世三十五年，她也离开外婆家整整三十五年了。外婆家于她是一段模糊的记忆，也是一份黏稠的乡情，她非回去不可。

姨妈家的女婿送姨妈舅舅妈和刘玉玲一起去外婆家，他们一下车，他立即赶回武汉。长辈们准备多待几天，但刘玉玲第二天要回南方工作，所以当天必须返程。父亲的朋友许校长住在离外婆家很近的地方，且今日返回武汉，可以顺便捎上她。

许校长将她接到自己朋友彭先生的农庄里采桑葚。桑葚甜中带酸，像小年轻们说的初恋的味道。初恋，多么久远的事儿。

陈香

采完桑葚，彭先生和许校长带刘玉玲去当地的一个农家乐吃饭，并神秘地说，会带给她一个惊喜。儒商彭先生没有食言，她意外地见到了农家乐的老板、她的小学同学钱家乐。

钱家乐念完小学就退学了，如今成了一方富豪。刘玉玲起初对钱家乐感觉很陌生，她当年考了全镇第一名，眼里是不会有钱家乐这样的学渣的。钱家乐不愧为人情练达的成功商人，使尽各种办法引导她回忆从前。当二十八年前的小学同学的名字一个个跳到她面前时，他们这对学霸和学渣的距离也越来越近。有一个名字被刘玉玲深藏在心底二十八年了，从不敢轻易提及。她犹疑了半天，才鼓起勇气，试探着向钱家乐打听一位叫唐小宁的小学同学。钱家乐完全不记得他，但拍着胸脯说："包在我身上！只要他人在武汉或新安县，我掘地三尺也要把他找出来。"钱家乐同学辗转打了几个电话，绕了山路十八弯，终于找到了唐小宁的手机号。

接到钱家乐的来电时，唐小宁正在等绿灯。一般陌生电话他是不接的，偏偏那天心情不错，便顺手接了。他本来已经到达武汉，一听到刘玉玲的名字，握着手机的手一抖，精神一恍惚，差点撞到了公路旁的栏杆。他将车停在了路边，连抽了三支烟后，决定立即调转车头。

一听说唐小宁要来，起初谈笑风生的刘玉玲开始变得六神无主。她和钱家乐等人边吃边等唐小宁。胡乱地咽了几口，完全食不知味。一小时过去了，唐小宁仍不见人影。许校长家带着一个三岁的孩子，要早点赶回去，问她要不要一起。刘玉玲果断地摇头。二十八年都等了，也不在乎多等一晚。

许校长一家离开了，刘玉玲抓起餐桌上的一瓶啤酒，咬开瓶盖直接往嘴里灌。她以为唐小宁是不会来的。当年是她主动追求的唐小宁，又主动向他提出分手，如今一晃眼二十八年过去了，他也许早就不记得她了吧。

又过去了半小时，刘玉玲仍不死心，她强忍住两眼眶眼泪，一杯接一杯地喝酒。她既想灌醉自己，又担心喝成个醉鬼无法面对昔日的恋人。她看着墙上的挂钟，拼命同自己厮杀着。

两个半小时的漫长等待之后，风尘仆仆的唐小宁出现在刘玉玲面前。他来了！刘玉玲腾地起身，双腿一软，扶住桌子才不至于倒下去。两人四目相对，恍如隔世。刘玉玲几乎没变，还是二十八年前清瘦的模样，只是青涩不再，更添了几分妩媚。唐小宁的变化有些大，胖了，

陈香

也多了几分沧桑。两人客气地寒暄着，从前的唐小宁渐渐穿越了二十八年的时空，缓缓走到刘玉玲面前。他一点都没变，刘玉玲记忆中的他，安静、羞赧，穿着白净的衬衫，笑起来像一道阳光。如果不是彭先生和钱家乐在场，刘玉玲真想上前拥抱他，拥抱二十八年前她拥抱过的男孩。彭先生和钱家乐不愧为商场中人，将气氛控制得极为恰当，简单的客套之后，两人识趣地离开，只留下这对旧时情侣。

刘玉玲起初只是偷眼看他，后来勇敢地直视他，目光被唐小宁稳稳地接住了。唐小宁看着她，眼神中带有几分感慨、无奈，还有许多复杂的内容。突如其来的二人世界，短暂的尴尬，使二十多平方米的大厅显得逼仄。两人同坐在一张沙发上，仅有半米的距离。刘玉玲的双手无处安放，一会儿交叉，一会儿抠指甲，一会儿抱住自己，她想将头倚靠在他宽厚的肩上，但终究没有迈出这一步。四十岁了，魑魅魍魉般的人和事都经历过，也活成了一条变色龙，泼辣和温婉可以随时切换，人话鬼话张嘴就来。可是见了唐小宁，她不自觉地变回那个春情萌动的小女孩，就连拉手也觉得是一种亵渎。

还好吗？两人几乎同时问出这句话。

还行吧。同样的回答。这难得的默契令他们笑了起来。

两人有一句没一句地聊起了这些年的经历及近况,无非就是家庭和工作。唐小宁按部就班地上学、工作、结婚、生子,前几年创业,成为一家公司的老总。刘玉玲则有些坎坷,学业无成、事业一般、婚姻不幸。面对唐小宁的询问,她尽量轻描淡写,一笔带过:有什么必要博取昔日恋人的同情呢?他们有许多话要说,又不知从何说起,空气热了又冷,冷暖反复交织。彭先生和钱家乐适时地进来了,问他俩是留在农家乐住下,还是今晚赶回去。刘玉玲看了看唐小宁,唐小宁问刘玉玲的意见。刘玉玲说,听你的。唐小宁提议赶回城里。彭先生和钱家乐虚情挽留一番,便送两人出门。

刘玉玲舒了一口气。两人并肩走着,两只手有意无意地触碰到一起。坐进唐小宁的汽车后,他们挥别了促使他们重逢的媒人彭先生和钱家乐。她环视了汽车,迅速做出判断:中产阶级,年薪五十万。唐小宁自小学习、生活都十分严谨,这样的人不会混得太差。刘玉玲的思绪东奔西突,一走神便忘了系安全带。唐小宁不动声色地靠近她的身体,他们近得只有几厘米,她甚至能听到他急促的呼吸。"咔哒"一声，安全带扣上了，他迟疑着将自己还原到驾座上。刘玉玲涨红着脸，将脸别到窗户边，又忍不住偷眼观察唐小宁，见他正认真地开车，她不觉有些懊恼，恨有人自作多情。二十八年了，一切都变了，或许他早已经忘了从前，抑或见到她以后非常失望，恨不得同她后会无期。

钱家乐所在的村阡陌交通，道路狭窄。唐小宁随导航小心翼翼地开车，一不小心就拐错了弯，又回到原地。近半个小时了，他们还是没能绕出这个村子。刘玉玲莫名地有些兴奋，从前的恋人同她在一起时，经常迷路、下错车站，他们相处的时间就会被拉长，她也喜欢男人在她面前不知所措的样子。胖胖的唐小宁急出了一头汗，刘玉玲才开始着急起来，莫不是遇上鬼打墙吧？她暗想，却不敢说出口。她和唐小宁转了这么多道弯才重逢，如今要各自回家，莫非还要转二十八道弯？村里有几个池塘，稍有不慎车便会跌进去。她是个旱鸭子，唐小宁会不会游泳她不知道，会不会英雄救美她也不知道，第二天是否会出现全村人出来围观两具尸体的一幕？这奇怪的想法令她十分不悦，二十八年后的他们，还没开始呢，怎能以这种不光彩的方式结束呢？她又希望唐小宁找不到出路，这样就能和他多待一会儿，哪怕是在不明朗的夜里反复兜圈子。

一个多小时后，唐小宁带着刘玉玲杀出重围，来到一条开阔的公路上，前方的路忽明忽暗。刘玉玲隐隐有些失落。开慢点，一会儿经过我们的小学时我想下去看看。她央求道。

唐小宁笑了。那个小学早已经拆了，夷为一片平地，长满了野草。

那我们的高桥镇还在吧？

可是这条路不经过那里。

已经回不去了。就连来时的路也找不到了。他们走散了二十八年，重逢后会不会再次走散？刘玉玲呆呆地望着前方，前方飘来重重迷雾。

你还好吗？唐小宁不放心地问。

我结了，又离了。这算不算好呢？刘玉玲苦笑道。

唐小宁将视线从方向盘前方移到她身上，几秒钟后又返回方向盘上，久久无语。

来点音乐吧。刘玉玲试图打破这窘迫的气氛。

唐小宁旋开音响，悲伤的旋律像一个突如其来的第三者，骤然撕裂了沉闷的空气。

陈 香

缄默了许久之后,唐小宁突然说,我记得当年你喜欢唱《我想有个家》。刘玉玲苦笑着,幽幽地说,这么多年了,我还是没有家。

唐小宁将方向盘握得死死的,恨不能攥出水来。他的身体一动,将右手移到手刹上,又冲动地挪到刘玉玲手上。刘玉玲的手一颤,随即毫不犹豫地迎合上去。这是他们阔别二十八年后的第一次亲密接触。两只情欲的手分离了二十八年后,牢牢地拥抱在一起,两道筑了二十八年的铜墙铁壁瞬间土崩瓦解。

这一刻,我等了二十八年。唐小宁说。不等刘玉玲接话,他又说,其实我只是想看看你过得好不好,过得好我也就放心了。

刘玉玲捏紧他的手,又狠掐了几下。

这二十八年来,你一直占据我心里的一个位置。唐小宁抓住她的手,捏得她生疼。他还想告诉她,今晚见她的第一眼,他就无可救药地沦陷了,正如十二岁那年疯狂地喜欢她。

你也是。有一句歌词怎么唱的,从来不需要想起,永远也不会忘记。刘玉玲说。实际上,她想说的是,孤单的时候他总会在她脑子里跑来跑去,凭直觉,她预感到此生一定会再见到他。有些人，不论隔了多少年，离了多远都会再见的。

他胖了，可那张脸此刻像孩子的脸一般纯净，还有几分羞涩。她盯着那张怎么也看不够的脸，嗔怪道，你为什么不来找我？

其实我找过你。那是2001年，你上大二，我复读了一年，刚上大一。我去你们学校找同学时，看到公告栏的征文获奖名单里有你的名字，我试图找到你们班的同学，他们却告诉我你住院了。

是啊，我因为车祸住了两个月的院，出院后遇到了他。你为什么不再找我一次？

我是县城的，而你小学一毕业就到了大城市，我总觉得配不上你。后来有好几次想去你们学校找你，但理智又告诉我，癞蛤蟆是吃不到天鹅肉的。

她将他的手抓到嘴边，咬了一口，嗔怪道，你怎么这么傻？

我记得我们最后一次见面，是在离学校不远的一座山上，你告诉我，我们的背景不一样，你知道这句话对我的打击有多大吗？

刘玉玲诧异地问，我真的这么说了吗？当年我才

陈香

十二岁啊，怎么会懂得什么背景？你知道吗，那年我为你写了厚厚的一本日记。日记本藏在阁楼上的一个柜子里，被我姐发现了，她当即气愤地向我母亲告状。那天下了很大的雨，我们约好晚上在麦田里见面，我不能失约，就不顾母亲和姐姐的百般阻挠，打着伞冒着大雨去见你。母亲和姐姐跟踪了我，回到家后，一场更大的暴风骤雨等着我。母亲骂了我几个小时，姐姐也在一旁帮腔。我假装看一本《收获》，后来，我趴在书上哭了整整一个晚上，哭湿了半本书。

唐小宁将她的手捏得更紧了，似乎一松手，她就会飞走，一走又是二十八年。这二十八年来，唐小宁从未忘记过她。他们恋爱时还是两个十二岁的孩子，如今已是不惑之年。谁说童年时的爱情是过家家呢？二十八年后他们重逢，对彼此的感情穿越了二十八年匆匆赶来，发酵了二十八年的爱情令两人欣喜若狂又无所适从。

唐小宁怜惜地抚着她掺杂几根白发的长发，说，你都有白头发了，那时候的你长着一头黑发，剪得很短。

你的白发也不少啊。刘玉玲孩子气地寸步不让。

你看，一眨眼我们都已经四十了，我们的娃都快到我们当年的年纪了，可以谈恋爱了。

两个人肆无忌惮地大笑起来,很多年都没有如此没心没肺地笑了。他们各有一个儿子,刘玉玲的儿子比唐小宁的儿子还大三岁。

我一直记得你那时的模样,白白净净的,永远只有两件衬衣替换,但都洗得很干净,不像其他的男生,邋里邋遢的。当时我还以为你家人对你不好,不然怎么会只有两件衣服。

唐小宁笑了。我妈偏爱我哥,对我很严,我只穿自己仅有的两件衣裳,来抵制我哥的旧衣服。我们哥俩长得像双胞胎,有一天上街,一个人拉着我扯了半小时的家常,后来我实在听不下去了,说你是不是找唐小安?我是他弟。

刘玉玲笑了,没想到一向严谨的唐小宁也有可爱的一面。或许他本来就有她未知的另一面,只是他们相处的时间太少,六年级下学期开始恋爱,满打满算也不过半年。这短暂的半年,却让他们足足惦念了二十八载。

还记得我们上课传纸条的事吗?刘玉玲问。

当然记得。每天我们都会写好几张字条,无论上课下课都会不论时间不分场合地传递。那时你坐第一排,我坐第五排,我们每传一张纸条都要通过四个人,好在

陈香

他们四个都是我们的朋友，每次都很配合，唯有一次突然有个同学换了座位，好像叫李小东？他不仅不帮传递，还打开纸条看，看完还嘻嘻哈哈地宣传。

那次我气坏了，挥着拳头就开始揍李小东，揍得他求饶才罢休。

我没想到文弱、瘦小的你竟然会打架，当时我在旁边看呆了。

当时你也不来帮忙。我那时才一米四，六十来斤，哪里打得过李小东这个胖子，不过是靠着狠劲才打赢他的。我的胳膊破了皮，腿也淤青了，咬着牙才忍住不哭。班主任阮老师批评我我没哭，我妈拿笤帚死命地往我身上夯我也没哭，晚上在麦田里见到你才哭得稀里哗啦的。你看，这就是那道童年的伤痕。

唐小宁抚着她手背上那道约三厘米长的疤痕，抓起她的手怜惜地吻了一下伤处。

那时我是班长，你是学习委员。那次打架事件之后，我俩的事传遍了全校，我走到哪里都有人在议论我们，我不得不主动辞去了班长的职务。刘玉玲沉浸在往事里。

你瘦小的身体里装着一颗原子弹。唐小宁紧紧地捏住她的手说，我没想到你有那么大的勇气，一个人将整件事扛了下来，还去央求校长和班主任不要处分我。

当时我铁了心要跟你一辈子。我还发誓，要是他们处分我俩，大不了我退学，出去打工也要跟你在一起。那时我们处在热恋中，任是天打雷劈也没办法将我们分开的。还记得吗？我们的"地下工作"越来越有意思，由写纸条转为写信了。学校不远处有一座山，山里有许多树，最老的是一棵槐树，老得所有的人都以为它随时会倒下。然而，我上了六年小学，它还是弯着腰站在那里，像我驼背的奶奶。老槐树中间有一个洞，我们约定好把信放到树洞里。刘玉玲陷入甜蜜的回忆之中，脸上绽出幸福的微笑。

那时候我每天都在老树下抱着一本书学习，多半时候一个字也看不进去，回来时，书里总会夹着一封字迹娟秀的信，信里还藏着几片花瓣。

那时你的信写得真好啊，每一封信我都会反复看，信上的内容几乎都会背下来了。有时还会抱着信偷偷地亲，就像抱着你一样。

我每天最大的期待就是你的信，我记得你在一封信中写过，"哪一天见不到你我就要发疯了"。你看，少年时的我们多么单纯，简单到爱一个人可以爱得发疯。这些年来爱的人多了，却再也疯不起来了。

刘玉玲盯着唐小宁老茧丛生的手，突然问，怎么没见你戴戒指？

不喜欢戴。你一定不信，我结婚时买的戒指，也只花了五块钱。

我还记得树洞的一封信里夹着五元钱，这对于十二岁的我们来说是一笔巨款。我用这笔钱在镇上的商店里买了两个玩具戒指，作为我们的定情戒指。可惜后来戒指被老师没收了。

我记得那个戒指，我结婚时买的五块钱的戒指也很像当年的那一只。那是地摊上买的一个铁皮戒指，为了应付结婚的。好在当时的婚礼一切从简，并且我老婆也是一个不爱计较的人。

唐小宁的这番话令刘玉玲极为不适。他几次都有意无意地提到"我老婆"，我老婆怪我老是出差，我老婆带孩子很细心，我老婆是博士……每一句都很刺耳，每一句都无异于在向她挑衅：我有老婆，而你没有老公，我老婆很好很优秀。又或者是一种自我暗示，提醒他自己是有老婆的人了，不可以再对二十八年前的初恋女友动非分之想，不要逾越二十八年前的那条界线。

刘玉玲认真地看着他，义正词严地说，能不能不要老是"我老婆我老婆"的，换个"她"来代替行吗？唐小宁惊愕，随即连连道歉。此后，他再也没有提过"她"。但"她"显然是一根时刻横亘在他们之间的利刺。

哽着这根刺，两人被汽车载到了黄鹤楼边。唐小宁低沉地问，还记得我们的黄鹤楼之约吗？

怎么会不记得？我每回乘车经过时都会想，你会不会在那里等。好几次我想跳下车，生怕错过你。

我真的去那里等过你，可是总也等不到。我甚至怀疑你不在武汉。

傻瓜，那时我们只约了在黄鹤楼见，但没有约定见面的时间啊。刘玉玲掐着他的手说。

唐小宁将方向盘打了个转，果断地说，我们现在就去黄鹤楼。

近十年没来的黄鹤楼已变得陌生，周边围起了栏杆，长满了杂草。这个城市到处都是建筑工地，试图将所有的东西都修葺一新。

二十八年前的那只黄鹤飞回来了吗？刘玉玲问。

从来没飞走。唐小宁揽住了她的肩。

两人依偎在一片草丛中，时光漫过二十八年，倒流

陈香

回一片金黄的麦田里。

两个十二岁、还带着稚气的孩子并肩坐在麦田边,唐小宁大胆地抱住瘦成纸片的刘玉玲,刘玉玲颤抖着身体,鼓起勇气回抱他。唐小宁目不转睛地看着她,她又黑又瘦,但一双大眼睛发着精光。刘玉玲不习惯这样被人注视,想笑,又被他的神情吸引住。唐小宁趁她不备,在她的嘴唇上快速地亲了一下,刘玉玲有些懵,她莫名其妙地舔着被触犯的嘴唇,随即明白这就叫作"吻"。原来她的初吻就这样被偷走了,而她完全没有做好准备!刘玉玲有些懊恼,一向要强的她不甘示弱,扳过他的脸,照着他的嘴唇就是一个重重的吻。这回轮到唐小宁懵了,他呆了好一会儿,才回过神来。再次接吻是第二次约会了,两个早熟的孩子无师自通地明白了接吻意味着什么。他们四唇相接,忘情地吮吸着,却不知道接吻除了用嘴唇,还可以用舌头。单是这样幼稚的接吻,足以令他们回味二十八年。

有一次他们接吻后,十二岁的刘玉玲流着泪问唐小宁,我会不会怀孕?

当唐小宁谈及这段可笑的往事时,刘玉玲笑了,笑出一脸的泪。

唐小宁细细地吻干她的眼泪。如今的他们深谙亲吻之道，吻得如痴如醉，各自的双手还不安分地在对方身上游移着。爱过、恨过、错过、吻过许多人之后，他们才寻回了二十八年前真正的初吻。爱情已经夭折了，死在了围城里，死在了庸常的日子里，回忆还在，回忆永生。

两个孩子利用所有的空闲时间去麦田里约会。唐小宁也许不记得，一次，刘玉玲坐在田埂上，不无担忧地说，如果麦子收割了，我们该去哪里啊。不久，麦田被割得光秃秃的，两人坐在长着稀稀拉拉的野草的田埂上偷偷摸摸地接吻。一个农妇扛着锄头远远地向他们走来，唐小宁喊道，不好！随即飞快地逃走了。刘玉玲独自坐在田埂上思忖对策。所幸那位农妇并不认识她，聪明的她百般抵赖，才侥幸躲过一劫。这二十八年里，她不止一次地想，他怎么会撇下她一个人逃跑呢？不知道二十八年后的他，会不会再次成为一个逃兵。

夜空中掠过一只灰鸟，停在荒芜的城市一隅。麦田里的守望者刘玉玲突发奇想，问唐小宁，初恋会过期吗？

唐小宁坚定地回答，不会。如果在大街上遇到，我可以在五秒钟之内认出你。

可是百分之九十九的初恋都是没有结果的,你说,你宁愿选择上大学时找到我然后我们结婚生子吵架吵成亲情,还是选择现在的二十八年后再旧情复燃?

唐小宁没有回答这个问题。沉默也是一种逃避。

刘玉玲想,人生就像一个又一个弯道,每一个弯道都会遇上不同的人,发生不同的故事,有些云淡风轻,有些刻骨铭心,那些人和事就像一盘沙子,过滤掉的都是该忘却的,唐小宁便是那颗无法滤去的最沉的金沙。以后,他们的爱情会吹向哪一个方向?她的再度出现,会不会造成他家庭的震荡?历经二十八年后重逢的他们,是否会将初恋时的美好破坏殆尽?两个千辛万苦才重逢的人,会不会以悲剧收场,从此形同陌路?如果真是这样的结果,她宁可不相见,宁可将这段纯情的初恋一辈子都埋藏在心里。

我们现在去哪儿?唐小宁打断了她的思绪。

听你的。

其实他们都很清楚应该去哪儿,只是谁都不愿说破。

刘玉玲父亲的电话偏巧在这时打了过来,问她今晚回不回来。她顿了一下,说今晚就住在农家乐,明早再回来。刘玉玲像个偷了东西却侥幸没被发现的孩子，调皮地望着唐小宁，两人相视一笑。

累了吧？唐小宁问。

很累。

这些年，她忙着学习、工作、结婚、生子又离婚，忙忙碌碌，又碌碌无为。忙得伤筋动骨，身心俱疲。她毫无保留地将这二十八年的苦难如数倾倒给他。他心疼地腾出一只手来，握紧她的手，十指相扣，似乎想减轻她的辛劳。他不紧不慢地说起他几经沉浮的工作和创业历程。刘玉玲心疼地说，读书时你都很用功，如今还是那么拼命。

人笨嘛，不努力怎么办。

当初读书时，她确实比他聪明。可惜两个人高考都没有考好。如今，他成为一家公司的老板，而她则当了作家。如果不当作家，也许她可以像其他家庭主妇一样，安心地相夫教子，同那个庸俗的男人苟且一辈子。可她注定是要当作家的，她十二岁那年就知道，她当年写的每一封情书都是一篇隽永的散文。

她从不愿提及前夫，那个不负责任的男人，她对他是从无数次失望到绝望继而死心的。女人若不是被逼到没了退路，又有几人愿意离婚？她多么渴望前夫能有担当，做她最安全的避风港，遇事就能拍着胸脯说"放心吧，还有我呢，交给我来处理"，而凡事都推给她，让她成天担惊受怕、焦头烂额，甚至导致她一度放弃写作。

一个急刹，将前夫抛在了漫卷的烟尘里。汽车停在了一座豪华的五星级酒店门口。唐小宁进去后，轻车熟路地只登记了他一人的名字，不久，他通过微信告诉刘玉玲房号。

刘玉玲脚步时而轻快时而沉重，这一天终于来了。一进门，唐小宁便猴急地抱住了她，吻得她几欲窒息。刘玉玲再也不用顾忌什么了，同他撕咬在了一起。他们用最快的速度褪去彼此的衣物，在对方面前袒露无遗。唐小宁激动地抚摸着她的身体，夸赞道，这么多年了，你还是像个少女。

十二岁那年，唐小宁是见过她的身体的。那天，两个孩子相约一起去学校不远处的果园里偷枣子。彼时唐小宁仅有一米五高，体胖的他慢慢爬到树上，无奈树很高，他半天都够不到一颗枣。刘玉玲身轻如燕，蹭蹭几下爬到了高处，摘了几十颗枣子，调皮的她还不时摇晃着大树，唐小宁吓得不住地劝她别摇了。刘玉玲不听，

没有围墙的花园

还在树上边摇边唱她最喜欢的那首《我想有个家》。唐小宁生气了，开始往树下滑，刘玉玲见状，也迅速下来。不料，她的脚一滑，从树上跌落下来，她经过唐小宁身旁时，唐小宁伸出一只手试图攥住她，却意外地抓住了她的裙子。刘玉玲落地时，身上只穿着一条花裤衩。

那时发育不良的刘玉玲是不懂得穿胸罩的，她的双手抱着自己光光的上身。唐小宁也掉到了地上，打了个滚，红着脸爬起来，手里拿着刘玉玲的白裙子。刘玉玲羸弱的身体在风中颤抖着，洁白的胸前凸起两个小鼓包。唐小宁呆呆地看着她，伸出手想摸摸她。刘玉玲却逃走了，跑了几步想起什么，又回转身，抢过他手中的裙子，胡乱套在身上，抹着泪羞耻地跑远了。

唐小宁纷纷的情欲席卷了刘玉玲，将她拽回现实，两人在旖旎的风光里，开始一场又一场暴风骤雨，电闪雷鸣。

雨歇风住。二十八年前未竟的身心，一切都了结了，偿还了，如愿了。

这么多年，我一直都认为你就是我的。唐小宁说。

这么多年，我一直都是你的。刘玉玲主动吮吻他。

一坛陈酒，酿了二十八年，光闻一闻都会醉。两人醉在彼此的身体里，醉在二十八年前的回忆里，醉在甜蜜的初恋里，醉在了梦里。激情的时候刘玉玲想咬他，触到他的皮肤时却松了口。原本抱紧他的手亦放下来，如同一具木乃伊般，任由他摆布。那根刺猝不及防地横在他们中间，令她的欲望大打折扣。她的男人们从她脑海中排队闪过，又倏忽远去。他们都相继离她而去，他终究也是要走的。他们即将走进另一座坟墓，化为两只二十八年才见一面的蝴蝶。

如果你现在还是单身，我们有可能在一起吗？刘玉玲不甘心地问。

唐小宁犹豫着，迟迟没有回复。刘玉玲的心一冷，什么都明白了。唐小宁正欲解释什么，刘玉玲摇摇头，堵住他的话头，什么都别说了，我明白了。

不是，我其实，我们，哎呀不说这些了。唐小宁言不由衷，懊恼地摸出一支烟，半天点不着。

陈香散去，刘玉玲渐渐从欲望的深渊里清醒过来。

以后该怎么办呢？他们再次开始了，以后该如何收场呢？毕竟他有家室，有孩子，有"我老婆"。他是断不可能离婚的，那个"她"总有一天会发现他们的事。虽说是初恋，但毕竟已是过去，他们的关系终究是见不得光的,"我老婆"才是他名正言顺的、合法的女人。而她也没想过要同他结婚,可人的感情就是这么奇怪,当年属于自己的东西失而复得,却不知该如何安排它。身处异地的一对牛郎织女,从此转入地下情,郎情妾意,你侬我侬,却注定没有结果。最好的结果像歌词里唱的"默然相爱,寂静欢喜",最坏的打算是东窗事发捉奸在床不欢而散永不相见。这些都是可以预料到的,可明知前方是万劫不复的悬崖,是炽烈的火山,两个人还是义无反顾地扑上去。在爱情里烧成灰烬也不会涅槃。再新再老的爱情都是会死的。酿就了二十八年的爱情也是会过期,会老去,会猝死的。

我不该走进你的生活,不能打破你宁静的日子。刘玉玲在他耳边嗫嚅道。

唐小宁将她紧紧地拥在怀里,认真地说:

"每个人的内心都像一个硬盘,将工作、家庭、自己分成三个区。硬盘里会有一些空间无法显示,那叫作隐私。这个不显示的隐私空间是真实存在的,不能放进任何一个区域,你就是那个一直被保留的、未显示的、真实存在的隐私空间。我的工作盘显示我是一个好领导,正直、敬业;家庭盘显示我是一个不错的丈夫和父亲,

陈 香

关心家人，为家庭奋斗，当我回家后，我会自动切换到那个区间，尽我的责任与义务；而我的隐私盘很小，几乎只有你，尘封了二十八年意外被开启。我很清醒我们之间的关系，也很珍惜这弥足珍贵的记忆。这个隐私盘内的空间都是属于你的，我很在意它，那是根植于我内心的东西，永远珍藏，不容破坏。"

刘玉玲环住他的腰，像藤蔓一样盘住他。唐小宁继续说："这些年除了你，我没有碰过其他女人。虽然也有人暗送秋波，投怀送抱，但我总能克制住欲望。我去过几次夜总会，搂过几个美女，那是工作需要或者环境所迫。我坚守我自己的道德底线，身上沾着香水味回家，我依旧坦然。"

唐小宁的话令她动容。这么多年来，他真的能守身如玉吗？如果是真的，她反倒有些愧疚，他不是她的第二个男人，但却是留存在她心底的第一个男人。他有担当，敢作敢为，这一点是她的前夫所不具备的。二十八年前，她就这样错过了他。他们绕了很大一个弯，兜兜转转终于走到了一起，偏偏没有结局。一场注定以悲剧收场的爱情，是否应该勇敢地进行下去，即使撞得头破血流也绝不后悔？真的不会后悔吗？如果有一天不欢而散，形同陌路呢？她刚从围城里逃出来，很难重新开始一段新感情。婚姻带给她的，除了累累伤痕，还有一个孩子。对一个拖着半大孩子的女人来说，再婚是一种奢望，没有哪个男人愿意接受她这样有家累的半老徐娘。她也绝不可能放弃她唯一的孩子，她狠不下心来，并且，她已经四十岁了，她不打算再生孩子了。离异的女人是悲剧的代名词，拖着孩子的女人更是容易被人弃如敝屣。她当初决绝地离婚时并未考虑这些世俗的问题，如今才发现自己仿佛骤然变成了二手市场上的滞销品。她费尽周折才从婚姻这个泥潭里自拔出来，断不会再进去的。她想爱，却无法再像二十八年前那般单纯地爱。二十八年前是偷偷摸摸地爱，如今还是偷偷摸摸的。她想牵着他的手，在阳光下自由呼吸，却发现空气里弥漫着浓重的雾霾。一想到这，刘玉玲的心就开始悲凉起来。唐小宁随后的话更是令她如坠冰窖。

其实二十八年过去了，也谈不上爱，就算原来有，也被时间冲淡了。我很恐惧去升华这份爱，担心真的升华了我会控制不住自己。我们默默地互相关心，保留那些真挚的东西，互相倾诉，互相支持。这，便是我想要的。

真话总是那么伤人。原来她没有那么大的魅力让他重新爱上自己，她顿时有些受伤。她以为自己魅力犹存，他却直言相告，延续这段感情是因为回忆，为了保留当初的美好，这多少有点挫伤她的自尊心。她从没想到过，她崎岖的情感之路，会在一个意想不到的拐角处骤然转了一道弯，路口站着一个她熟悉而又陌生的人。那个人是如此优秀，她一见他便再次喜欢上了，一如二十八年前。有一类人，她是无论何时何地见到，都会义无反顾地爱上的。偏偏他们注定了穷途末路。

她想起一个著名的广告，便模仿着广告词问他，我是你的什么？

你是我的春天。心里住着一个春天般的人，春天就会变长。那我是你的什么？唐小宁反问道。

你是我的四季。因为爱是敏感的，因为你，我前一秒钟开心，后一秒钟会难过，一天就可以经历四季，在四季中阴晴不定。

春天和四季再次深情相拥。

刘玉玲醒来时，是凌晨两点半，枕边空着，床畔尚留余温。她在黑暗中摸索，凭着一丝火光找到了他。唐小宁坐在黑暗中独自吸着烟，留给她的，是一个孤独的背影。

你还是回去吧。刘玉玲冷冷地说。

唐小宁不确定地问,要不,我还是回去?

刘玉玲靠近他,从背后抱住他,又在他肩头狠狠地咬了一口,随后轻蔑地吐出几个字,你是个懦夫。

唐小宁终究还是留了下来。刘玉玲却再也无法入睡,她脑海里反复回响一首曲子,她为属于她的每一个男人都配了一首歌,唐小宁的那首歌是《一生所爱》。从前现在过去了再不来,情人别后永远再不来。鲜花总会凋谢,但会再开。一生所爱隐约在白云外。

明天,刘玉玲即将离开唐小宁的城市,去一千多公里之外的地方。

我可以留下来吗?刘玉玲问。

你把我带走吧。唐小宁答,继而以吻封缄她的欲言又止。

你会来找我吗?

当然,会的,一定会的。我很快就来找你,你一定要等我,等着我啊。

刘玉玲回头时,见他还在站台入口立着,目送着她。她用力一抹眼中泛起的泪花,便头也不回地走了,将唐小宁远远地抛在了视线之外。她穿着高跟鞋踉踉跄跄地走,差点崴了脚。

唐小宁不会知道,他永远不可能再找到她了。她即将调往另一个他所不知道的城市工作,并换掉所有的联系方式。她还改掉了原来那个她认为俗气的名字,如今的她叫"刘雨霖"。她的名字,正应了那句宋词,此去经年,应是良辰好景虚设。她独自酿了二十八年的那坛酒,只余绵长的陈香。

(原载于《大家》2019年第4期)

唇吻

他注视着铁窗外射进来的微光,郑重立誓,出去后的第一件事,就是要真真正正地吻到冯秋水,用尽后半生的劲,狠狠地吻。

1

冯秋水蜷缩在幽暗的一隅，将光亮关在门外。她的身体习惯性地疼痛，这疼痛像一条毒蛇，不定期来咬她一口。一疼痛她就会想起老孙头，一想到粪池里的老孙头，她就习惯性地作呕。身心恢复平静时，陈四海就会跳入她的世界，她怀念他的温暖。同陈四海身体的亲近，让她渴望，却又恐惧，她害怕那条无时不在的蛇。冯秋水决定重返家乡，找到童年时咬伤她的那条蛇。

冯秋水离开这个地图上寻不到的小镇已经十年了。镇上人烟稀少，有些人她永世不忘，有些人早已从她记忆中抹去。从前她和父亲住过的房子同这个小镇一样萧索，年久失修的房子濒临坍塌，老旧的木门边生了厚厚的青苔，门上的锁早已锈死。她推开吱呀作响的门，一束光透过天窗射来，她仿佛看见父亲坐在竹椅上，给她讲小红帽和大灰狼的故事。她凝神听着，父亲却在故事里睡着了。突然，一只大灰狼向她扑来，父亲惊醒，舍命保护她，她仍被狞笑着的大灰狼拖走了……父亲的黑白相片挂在一面土墙上，墙面已被风雨侵蚀得一片斑驳，但仍依稀可见她儿时用粉笔画的歪歪扭扭的马、牛、狗等,还有父亲教她写的"大""小""多""少""人""口""手",她一直紧绷着的脸露出会心一笑。她的目光缓缓移动,最终定格在土墙的一角,一颗生锈的钉子突兀地立在墙上,钉子上挂着一只裂了口子的人字拖,那是父亲的拖鞋,那双拖鞋仅剩一只。她知道另一只的去向,但她永远也不会说出来。永远。她将那只破旧的拖鞋抱在怀里,就像抱着年迈的父亲。父亲去了另一个世界,屋里陪伴她的活物,只有墙角的一只蜘蛛,它正不知疲惫地织着蛛网。往事比蛛网还纠结,她试图理清,大脑却一阵眩晕。

她走进狭窄的厨房,那里储存了许多尘封的回忆。父亲猫在厨房里被烟火呛得剧烈咳嗽,只为了给她熬一锅黄澄澄的鸡汤。突然,父亲连同锅灶一起消失了,厨房里只剩一只笨重的大水缸,冯秋水用水缸里残存的水一次次地洗手。一丝微光挤了进来,她慌忙用手遮住双眼,又将自己藏进深不见底的阴影里。

她艰难地挪开水缸,见到水缸背后墙上的一个洞,那是她儿时挖出来的。她将手伸进洞里,掏出了父亲的一只破了几个窟窿的袜子,一个缺了胳膊的布娃娃,一枚一分钱的硬币,还有许多零碎的老物件。她努力回忆,却怎么也记不起这些东西她是何时放进去的。如果可以，她宁愿将自己连同往事一起，埋进那个洞里。

她往水缸里盛满了清洌的水，水中倒映出她干净而清秀的脸庞，那张脸戴着一只厚厚的白口罩。她呆呆地在水缸前照了一会儿镜子，一只灰蛾子扑棱着飞来，落进水里，瞬间将"镜子"搅碎了，她的脸也一下子变得模糊。她捧出那只蛾子，又掬出几捧水泼在地上，水面重新恢复平静。她依旧呆呆地望着水缸里的水，不知何时，脸上已挂了两行清泪。镜子里出现了父亲那张慈爱的脸，冯秋水取下口罩，向父亲的脸轻轻地吻过去……

父亲的脸骤然间支离破碎，冯秋水懊恼地将整个头部沉入水中，不堪回首的往事随冰冷的水一起扑面而来……

2

人的嘴巴有啥用？

一个瘦高的男孩站在田埂上大声问，面带倨傲。他旁边围着几个孩子，大的不到十岁，小的只有三四岁。一个拖着鼻涕的孩子抢答道，报告二狗大王，嘴巴可以吃饭、说话！这个叫作陈二狗的瘦高男孩喝道，要叫陈大王，不能叫二狗大王！一个孩子说，报告陈大王，嘴巴可以吃肉、喝酒、骂人。

还有啥？孩子们七嘴八舌的猜不出个究竟，只有一个看上去比较成熟的孩子面色神秘地说，还可以打啵儿。

衣衫破烂但十分整洁的陈四海走到陈二狗面前好奇地问，什么叫打啵儿？陈二狗朝陈四海脸上扫了一眼，轻蔑地说，就你，还想打啵儿？

所有的人都将目光移到陈四海脸上，又聚焦在他嘴边，像看动物园的奇兽一般。

陈四海在小伙伴们的哄笑声中下意识地捂住了嘴。陈二狗使了个眼色，拖着鼻涕的孩子立即会意，从背后使劲推了陈四海一下。陈四海猝不及防，重重地从田埂上滚落，摔到泥淖里，啃了一嘴草。他爬起来，吐出几口草渣，两颗大门牙上仍沾着泥。陈四海发觉方才躺倒的地方有一只小青蛙，它白花花的肠肚都被他压了出来。他强忍住眼泪，蹲下身用手刨了泥土，将青蛙尸体埋了。孩子们起先一愣，随即嬉笑着散开了。

陈四海感觉打啵儿不是什么好事儿，但又隐隐有些向往。一到家，他就问爹什么是打啵儿。他爹一个巴掌甩过来，小时候舌头长，长大了当流氓！他爹下手太狠，他一个趔趄，撞到了门上，牙齿被木门磕出了血。他用手抹掉血迹，仍不甘心，打个啵儿怎么就是流氓呢？又去厨房问母亲，什么是打啵儿。母亲一愣，笑着说，小孩子家不要乱问。陈四海又问，打啵儿好玩吗？我能打啵儿吗？母亲又一愣，疼惜地一把将他搂进怀里，又在他额上轻吻一下，眼泪滴落到他身上。母亲的举动让他意识到自己根本无法打啵儿，年幼的他忽然有些悲伤，也同母亲一起流泪。

他还问了同他关系最好的玩伴小英子。小英子一听，转身就跑，跑了几步又折回，往他身上啐了一口：流氓！小英子把这件事告诉她妈，不久，英子妈拿着砧板和菜刀对着他家的窗口边剁边骂，哪家的小流氓，还没长毛就想打啵儿，也不撒泡尿照照镜子，看看自个儿长的啥德行！

不堪入耳的话断断续续地闯进陈四海耳内，他并不十分懂，一是母亲将他的耳朵捂住了，二是有些话比打啵儿还难懂，但"照镜子"三个字他听得真切。他真的去母亲房里照了镜子。

那面镜子是母亲的陪嫁品，印象中，母亲每天要照许多次。这是陈四海平生第一次照镜子。他将脸一挪到镜子前,便"啊"地尖叫了一声。他的嘴!镜子跌落在地,摔成几瓣。他惊慌失措地拾起那些碎片,却被玻璃划伤了手指,鲜血滴到镜面上,映出一张血淋淋的脸。每一片碎片上都出现了他惊恐的脸,那张脸上的嘴很怪异。他挤出一个笑,镜中便出现一个龇牙咧嘴的人。他在破碎的镜子前号啕大哭。每一面镜子都在哭泣。

那一年,他六岁。那一刻,他骤然老去。

3

很小的时候,冯秋水就觉得自己已经老了。母亲生下她不久后,就因重病离世,父亲牵着她的小手,从村东到村西,从田间到地头,一刻也不敢松开。母亲一周年忌日那天,父亲喝了许多酒,醉得不省人事,忘了牵她的手。她赤着脚四处寻找父亲,却被邻家的老孙头抱回了家。

老孙头五十来岁,爱穿花衣,从未婚娶。村里人说,他喜欢偷鸡摸狗,村里丢了东西,十有八九能在他家找到。秋水是认得他的,他成日游街串巷,每次遇到他,她身上的东西就会莫名地消失，一枚糖果、一条手绢或一只布偶。她向老孙头讨要，老孙头笑嘻嘻地教她把消失的东西变回来，聪颖的她很快心领神会，能让身边的东西来去自如。她乐此不疲地玩这个游戏，并给游戏取名为"捉迷藏"。她一会儿将饭勺变没了，让在厨房里忙碌的父亲一顿好找，一会儿又偷走父亲的袜子或手套，这成为她孤独童年里的秘密游戏。这个游戏，她只想同父亲一人玩。天长日久，父亲发现了她的小秘密，并未责怪她，也从不拆穿，只假装焦急地找寻物件，然后静静地欣赏她小计谋得逞后快乐的模样。

这一次，老孙头不偷她的东西了，而是喂她糖吃，喂她饮料，还神秘地说，这一次我们玩个偷人的游戏。说完，老孙头伸出他细长的手，边扒她的衣裤边将他臭烘烘的嘴拱了过来。年幼的冯秋水发觉游戏规则变了，开始对老孙头又踢又打，却无济于事……

小秋水晕了过去，不知过了多久才苏醒过来。她感觉自己的每一寸皮肤都像被鹰抓过，剧烈地疼。她意识到自己浑身赤裸，并被一个男人的手紧抱着，霎时惊叫着弹跳起来，朝那只手狠狠地咬了一口。一个巴掌倏地扇了过来，她痛得晕厥过去。醒来时，眼前出现的却是

唇吻　109

苍老的父亲。父亲很快知晓了一切，他咆哮着冲进厨房，提了把菜刀，跌跌撞撞地杀到老孙头家，却被闻讯赶来的邻居拉扯住，镇上的干部也出面调解。父亲长吁一声，将那把菜刀狠狠地剁在了老孙头的破门上。

很长一段时间，父亲都将她牢牢牵在手上，一刻也不敢放开。此前成天叽叽喳喳的冯秋水开始变得沉默寡言，她白天蜷在屋子的暗处，夜深了才肯入睡，只有在父亲怀抱里她才睡得着。从前睡前父亲都会给她一个吻，可有一天父亲吻她时，她突然惊恐地闪躲，嚷道："不！不要！滚！滚开！"她时常会惊厥，哭得瑟瑟发抖。父亲想安抚她，一碰触她她就会大叫。父亲手足无措，只能将愤怒的拳头砸向墙壁。一天深夜小秋水起夜时，发现父亲正用双拳猛烈捶墙，她恍然明白了墙上为何会出现好几个破洞。父亲还会趁她熟睡时磨那把卷了边的菜刀，一磨就是几小时。

冯秋水觉得所有的东西都是肮脏的。她喜欢跳进厨房的一口大水缸里洗澡，一洗就是几小时，直到父亲将她捞起来。小秋水觉得，只有在水缸里，她才是干净的；只有在父亲怀抱里，她才是安全的。

一天晚上，父亲外出，没有牵着冯秋水的手。小秋水一直藏在水缸里等父亲。父亲很晚才回家，回来时脚上只穿着一只人字拖。小秋水从水缸里爬出来，父亲一言不发，只轻轻地吻了她的额头。第二天清早，冯秋水听村里人说老孙头死了，死在村头的大粪池里。她瞒着父亲，同小伙伴们一起跑到粪池边，看到了趴在里面的老孙头。老孙头的身体已经完全变了形，头肿得像一只葫芦，原本修长的手指被泡得像水萝卜，若不是认得他的花衣服，根本看不出来是他。

不久，父亲就牵着她的手，去了一座满街都是小汽车和陌生人的城市。

那一年，她六岁。

4

陈四海衣着朴素，甚至有些老气，一身非黑即灰的衣裤不合时宜地包裹着他瘦削的身体。他留着中规中矩的发型，戴着厚厚的黑口罩，只露两只眼睛。那眼神干净，又略带几分惊恐。那一方小小的口罩，成为他最安全的防护面罩，将他同这个世界隔离开来。他极少说话，偶尔发出的声音沙哑、低沉，像是从鼓里发出来的。

从相遇那天起，陈四海和冯秋水都戴着口罩。两个戴着口罩的人不咸不淡地谈着恋爱，一谈就是一年多。他们的感情从牵手发展到了拥抱，一次也没有接过吻。好几次陈四海想吻冯秋水，都被她巧妙地躲了过去，她时而空洞时而哀怨的眼神会令他的欲望退缩回去。

陈四海牵着冯秋水的手，在校园里走了一圈又一圈，从清晨走向黄昏，从夏季走到冬天。他隔着口罩，向她讲述一个又一个故事，语气平静，好像这些故事都同他毫无牵连。

父亲去世那年，陈四海幸运地考上了大学。

作为镇上唯一的大学生，陈四海去省城的大学报到时，全镇老小都出来送他。老人眼中满是赞许，年轻人则是羡慕或者嫉妒，小一点的孩子都用奇怪的眼神注视着他，一个脸上长了一大块黑色胎记的孩子更是影子般地跟着他。陈四海看着那个孩子，看着儿时的玩伴、此刻变成大腹便便的俗气农妇的小英子，看着一片片飘落的黄叶，背着简单的行李，毅然转身，大步走向满街都是小汽车和陌生人的城市。

他渴望逃离那个伤害过他的家乡，母亲装在他行李中的馒头和腌菜也被他拣了出来。他唯一带走的，是全班同学的毕业合照。那张照片上，陈二狗也在，他们都咧嘴开心地笑着，唯独陈四海的表情如丧考妣。他从来没有单独照过相，为数不多的几张合影照也被他烧掉了。

烧不掉的是记忆。没有人知道，陈四海走进大学有多么不容易。

当他拿着全县第一的高分成绩单来到招生办时，负责招生的人不容置疑地告诉他，你的形象影响校容。陈四海懵了。这么多年来，他小心翼翼搭建起的自信心，他煞费苦心努力呵护的自尊心，忽而眼睁睁地被人轻轻一戳，轰地一声坍塌了，他分明听到破碎的声音。那年，陈四海以全县第一名、600多分的高分落榜了。同村陈二狗的爹指着陈四海的鼻梁说，你要是能上大学，我围着镇上倒爬三圈。

陈四海咬着牙，一点点拼凑起自信心，开始了复读生活。第二次高考体检时，他比两次高考时还要紧张。令他意外的是，老师和全班同学都在医生面前替他说情，就连和他一起复读的陈二狗也说，医生，他是我们全县第一名，你就给他写个"正常"吧。医生看了陈四海几秒，然后郑重地在体检报告上写下"正常"二字。当天，陈四海拿着这份沉甸甸的体检报告来到稳河边，大放悲

唇吻　113

声。高考后的一天,他带母亲去医院看病,正巧遇上那位医生。医生抚着他的头说,我知道咱们农村娃考大学不容易,也知道你将来定能成大器。好好念书,才不会让人瞧不起。这些年来,乡邻们、同学们骂他、侮辱他,他都没掉过一滴泪,医生的一番话,却让他哭得一塌糊涂。

这一年,他依旧是全县的高考状元,分数比上一年足足高出60分。上大学那天,好几位同学将他送到村口,唯独不见陈二狗。陈二狗的爹当然不可能围着全镇倒爬三圈,倒是陈四海在上大学头一天晚上,沿着方圆不到十里的村子走了三十多圈。陈四海抱着村口的一棵刻有他名字的老树,亲吻着它,静静地向它道别。

5

冯秋水多半时候是安静的,安静得仿佛并不存在。

二十年来,冯秋水每走一步都是低着头小心翼翼的,唯恐踩到一片落叶,但还是撞到了一个叫陈四海的男人,这个男人也撞进了她心里。冯秋水觉得陈四海是她所有见过的男人里最好的一个,绝对不会欺骗她,轻视她,羞辱她。她见惯了那些不可一世的人，陈四海那张诚惶诚恐的脸，反倒引起了她的兴趣。陈四海的声音常人听起来很奇怪，冯秋水却觉得是天籁。

撞到陈四海之前，冯秋水的生活里，四面都是冷冰冰的墙。

十六岁那年，一场车祸夺走了父亲的生命，她从此变得孤零零的。父亲生前为她找了一位继母，五年来她同继母说的话不超过一百句。父亲几十万元的车祸赔款，继母只分给她极少一部分，这些钱供她读完了中专。中专毕业后，她找了一份吃不饱也饿不死的工作，日子过得清闲而又清贫。起初她上班时，同事们欺负她，她唯一的反应就是笑一笑，她的反应让同事们很愤怒，认为受到了极大的轻视。于是他们变本加厉，她仍是回应一个轻笑，同事们这才发现她是一杯温暾甚至冰冷的水，绝无沸腾的可能。天长日久，没有人再去招惹她，因为熟悉她的人都清楚，她不过是一只蝼蚁，碾死她也是白费力气。也有热心的同事为她介绍过几次对象，但她一遇到陌生人便手足无措，面红耳赤。她自己尴尬，相亲对象尴尬，媒人更尴尬。几次相亲下来，旁人瞎忙活，她一无所获。有好事之人骂她老处女，她无力辩驳。处女吗？她六岁那年就已经不是了，可她从未享受过男欢女爱的快乐。

没有人关心一只蝼蚁的个人问题，但周围的人似乎并不甘心就此放过她。冯秋水是同性恋的传言在她周围悄悄蔓延开来，一度甚嚣尘上，她所及之处，背后都有窃窃私语、指指戳戳和意味深长的目光。关于她是同性恋这一点，有人觉得是可疑的，因为有同事证明，从未看见她和谁亲近过，无论男人还是女人。还有无聊的同事怀疑她是不是生理有缺陷，甚至特地在她上厕所时悄悄窥视她，结果是她一切正常，除了频繁洗手，洁癖过度。

冯秋水一天洗几十次甚至上百次手。她觉得什么都是肮脏的，怎么洗都洗不干净。

所有的八卦新闻最终都会通过各种渠道传到冯秋水耳中，所有的八卦传播者都隐秘地传达着，又迫切地希望当事人知道，当事人的反应对传播者来说至关重要。冯秋水听到无孔不入的八卦后，只微微一笑，从不去辩解。她的反应令同事们顿觉无趣，面对一个手无寸铁、毫无招架之力的人，大家都没了挑衅的兴趣。冯秋水的领导也对她恨铁不成钢，她精通业务，工作兢兢业业，待人随和，领导几次想提拔她，又总觉得有些膈应，说不上她特别好，但又挑不出什么刺儿。她真是一个让人无可奈何的怪人。

6

所有的人都认为冯秋水是一个怪人，可冯秋水以为，陈四海是一个比她更怪的人。

陈四海满以为离开家乡，幸福就会向他招手，却想不到，无处不在的歧视永远在黑暗的某一角对他虎视眈眈。

哪个系的？长得丑不是错，出来吓人就是你不对了。

你们班怎么有个怪物？名叫史莱克吗？

这个样子怎么打啵儿呢？唇齿相依吗？哈哈哈……

无孔不入、明里暗里的嘲讽如刺骨的寒风，不分四季不舍昼夜地摧残他的心，他没有一天不被人嘲笑。起初他挥舞着拳头同人打架，打得头破血流却于事无补。他只得将全部注意力转移到学习上，拿到了所有能拿的奖学金，但他始终低着头，夹着尾巴做人。除非万不得已，陈四海绝不出门，他将大学生活过成了教室、食堂、宿舍三点一线。

大学期间，他拒绝参加任何活动，学生会和文学社等社团多次向他发出邀请，他都一概拒绝。除了每学期发奖学金的时候大家会注意到他，多半时候他在班上是可有可无的。若不是他迫切需要奖学金，他宁愿被全世界遗忘。陈四海一家全年的总收入供他上大学后，总是捉襟见肘，一年也吃不上几顿肉。他想去校外找兼职，却一次次被人拒之门外。那些人看他的眼神，起初是惊愕，随即将目光聚焦到他嘴边，那些不可名状的眼神像一把把锋利的刀，一次次刺向他，又残忍地拔出来。

陈四海一到青春期，便开始关注自己的外表，尤其是在女孩子面前。可根本没有人注意到他，偶尔有个别女生的目光掠过他，一旦抵达他的嘴，很快就会现出或惊讶或蔑视的眼神。若非心上早已筑起层层壁垒，这眼神足以令陈四海肝胆俱裂。他骄人的成绩让他非常自信，可总有那么几个瞬间，他突然被这一块与生俱来的疤痕压得抬不起头、喘不过气来。他有时候甚至想，上天啊，哪怕让我少条胳膊少条腿都行，为什么非要给我这样一张丑陋的脸？他所有的自卑与自信，都随着他丑陋的唇部沉浮。有时他想，一定要拼命挣钱，然后去整容，将自己还原成正常人的模样，将那些歧视的目光统统踩在脚下。有时又想,他将带着这道残缺走完余生,带着它去经历挫折,见证荣耀,直到把它放进自己的遗像里。

除了要应付冷热无常的日子,陈四海还要直面宿舍里那面噩梦般的大镜子。一天,他的室友欢喜地从走廊捡回一面大镜子,挂在一进门的墙面上,每次一推门,便可照见全身。荷尔蒙过剩的室友们每日在镜前搔首弄姿,唯独陈四海每次都是匆忙经过镜子,似乎那镜子会摄走他的魂魄。

一次,陈四海破天荒地参加了室友的聚会,他喝得东倒西歪。趁着酒劲,他一拳将那面镜子砸得稀巴烂。室友替他包扎好血淋淋的右手,又将他扶到床上。他指着挂镜子的那面墙说,镜子里有个鬼,有一个鬼,一个吊死鬼,眼睛红红的,舌头长长的……室友们吓坏了,再也不敢提镜子的事。当晚,陈四海在被子里无声地流泪。没有人知道,他的酒量惊人,镇上没几个人可以喝得过他,最多的一次,他喝了一斤半高度白酒。

因为自卑,陈四海始终不敢正眼看那些打扮得花枝招展的女生。一到夏天,那些白花花的、或肥或瘦的、或长或短的玉臂和大腿在他面前晃动,晃得他眼晕。冯秋水出现之前,有一个女孩曾让他的心也眩晕过。那个女生比他低一级，大眼，长发，高个，大胸。她一叫他"哥"，他的心就化了，这声"哥"支撑着他任劳任怨地天天帮她打开水，用拮据的生活费替她买饭。他甚至牵过她绵软的手，她并没有拒绝，他还幻想有一天能拥抱她，吻她极具诱惑力的嘴唇，一点一点、细细地吮吸。他还从学校的公告栏里找到一张女神获得"校园十大歌手"荣誉的海报，那是一张合影，他趁着月黑风高，将女神的照片抠了下来，如获至宝。每天深夜，室友们鼾声四起时，他都会捧着女神的玉照练习亲吻，那张薄薄的海报被他吻破了一个洞，为此，他心醉又心疼。许多个日子，他都沉浸在漫无边际的遐想之中，每日处于漂浮状态，魂不守舍。陈四海再也忍受不了这样的日子，他做了一个大胆的决定：挑一个特殊的日子向她表白。

陈四海从微博上得知她的生日后兴奋不已，但很快又开始犯愁。日子一向困窘的他，拿什么礼物送给他的女神呢？如果可以，他宁愿赠女神一片海，可事实上，他只拿得出一杯水。暗恋一个人不需要成本，可以偷看她的倩影，回味她的声音，她的一个笑容就足以令他快乐一周甚至更长时间。可真要吻她，他还是心有戚戚。他每一餐都要精打细算，学校食堂的免费汤给了他希望。

有了免费汤，他就能省下一半的饭钱，再加上家教费、断断续续打零工赚的钱，倒也积攒了几百元钱。

陈四海精心准备的礼物没能送出去。他找到女神时，她正和身旁几位同学谈笑风生："那个矮矬穷丑还想泡我，真是癞蛤蟆想吃天鹅肉……"

陈四海狠狠地咬着自己的嘴唇，那里的肉被他咬出了血。他缩回自己的壳里，依旧过着三点一线的枯燥生活。有一天，他发现墙角立着一个开水瓶，那是女神的。他想为女神再打一次开水。陈四海提着满满一瓶开水找到女神时，女神依旧巧笑倩兮，只是身边多了一个满身名牌的高个男生，那些名牌他在网上见过。他呆呆地递出手中的开水瓶，女神伸出涂着血红指甲油的手，却没拿稳。开水瓶骤然坠地，滚烫的水烫伤了她的脚，碎片也溅到了她手上。女神烫得尖叫起来，高个男生赶紧安慰女神，随后挥舞着拳头砸向陈四海。鲜血顺着嘴唇淌了下来，陈四海抹了抹嘴边的血，木然地转身，任由拳脚肆虐。

陈四海的初恋，像滚烫的开水瓶一样，砰的一声，碎了一地。

自那时起，陈四海开始戴起了口罩。

7

冯秋水是"非典"那年开始戴口罩的。白色的口罩自一戴上,她就再也没有取下来过。

戴着口罩的冯秋水生活得很清冷,能不做的事就不做,能不说的话绝不说,可以说一个字的时候绝不说两个字,能不去的地方不会涉足,能不接触的人尽量拒之千里。她对待这个世界的态度是温和的,又是冰冷的。

她习惯了独来独往,上班、下班、购物都是形单影只,就连吃火锅和自助餐都是独自一人。她习惯了一个人吃火锅时服务员投来的异样的目光,正如同她习惯了周围人的各种猜忌一般。如果可以,她宁愿穿上一件隐身衣,将自己隐匿起来,免受世间的侵害。她的心上渐渐长出了尖刺,她将自己活成了一丛荆棘。冯秋水像一团可有可无的阴冷空气。她唯一能做的,便是不咸不淡地活着,活完这不长不短的一世。

她从不奢望爱情。她想,没有哪一个男人会接受她这样一个被撕裂过的女人,她这样一个破碎过的人,是不配得到爱情的。

孤寒到极致时,她会抱紧自己。她曾将父亲唯一的遗物、那只人字拖挂在墙上,父亲每夜便会来到她梦中,撩开她的口罩,静静地看着她。她掩上口罩,父亲又替她掀开。奇怪的是,她将人字拖收藏到箱底,父亲便再也没有来过。思念父亲时,她会抱着人字拖睡觉,醒来时发现口罩洇湿了。

遇到陈四海之前,冯秋水是谈过一次恋爱的。那个男人是一个小区的保安,大她三岁,来自农村,家境贫寒。保安觉得她气质独特且性情温和,猛烈追求她,冯秋水既没答应也没拒绝。保安经常接送她上下班,有时请她吃饭,还给她做过几餐饭,她没同意也没强烈反对。保安有一次想揭开她的口罩,被她严厉制止了。保安又想强吻她,她狠狠地给了保安一耳光。两人拖拉地相处两个月后,男人对她的怪僻实在忍无可忍,便像当初猛烈追求她一样,猛烈提出分手,并送给她一句话,你呀,就是根木头。

8

遇到冯秋水之前,陈四海活得像一根行走的木头。

陈四海的口罩可以遮住深藏秘密的嘴，却掩不住更多的秘密。

陈四海等了近二十年，还是没有等来最好的那个女人。身体一天天成熟的他，只能捂住自己的嘴，拼命地压抑身体的欲望。陈四海的情绪瞬息万变，前一秒刚刚触摸到幸福之手，后一秒就全身心坠入冰窟。

大学的公共澡堂本是公平之地，大家赤诚相见，无地位、等级之分。这里也是最能让陈四海放松的地方。洗一次澡五块钱，相当于他两天的饭钱，他宁可经常啃馒头，也要省下钱来洗澡。那天，他戴着口罩、端着脸盆走进澡堂，心情舒畅地脱衣，一双手突然伸过来，以极快的速度褪下他的四角裤。他迅速反应过来，拼命护住口罩，黑色口罩被拉扯下一半时，五个嬉笑的同班男生见他的眼神足以杀人，方才罢手。

他提上裤子，血气上涌。他的拳头握紧，松开，又握紧，最终狠狠地砸向那个侮辱他的同学。此前这个同学趁他在宿舍睡觉时想揭开他的口罩，他骤然惊醒。此后这个同学又多次挑衅，新仇旧恨，让陈四海体内的火山岩浆和泥石流一起奔涌。

他揍的是某局副局长的公子，该副局长亲临学校，要求开除陈四海。陈四海已将行李打包好，准备踏上打工之路时，他的处分决定却迟迟未下来。为此，他胆战心惊地过了整整一学期。

燥热的夏天，他借室友的望远镜看对面女生宿舍楼袒胸露背的女孩，想象冯秋水洁白的胴体。他抑制住强烈的冲动，冲进肮脏的卫生间，用冷水一遍遍冲洗自己。一种罪恶感深深地笼罩着他，他觉得自己是一个流氓，若是母亲发觉她引以为傲的儿子是个偷窥女性的流氓，她会选择上吊还是跳井？她一定不会吃安眠药，因为她舍不得花钱买药。

只有在深夜，陈四海才敢取下口罩。他舔着自己的嘴唇，又吻了吻蚊帐旁冰冷的墙，然后开始时断时续地做梦。醒来时，才发现不知何时，竟抠下来一大块墙皮。

陈四海多想揭下冯秋水和自己的面具，将口罩狠狠地撕碎、扔掉，然后将她推到墙边，狠狠地吻她。许多次陈四海想冲破接吻这道藩篱，但总不能隔着口罩亲吻吧，一想到那滑稽的场景，他不禁想笑，转瞬又想哭。不揭下口罩他就无法接吻，而揭下口罩她就会看到他的真面目。

除了打电话，他同冯秋水一起看电影、逛街等，两个月就花光了他半年的生活费。他从来不敢同冯秋水一起吃饭,一到饭点,他就单独给冯秋水买一份饭,自己哪怕饿得前胸贴后背,也谎称不饿。

除了恋爱,陈四海多半时候在看书。即便同冯秋水恋爱时,他也会随身带一本书。看书时可以低着头,将口罩下的他一起深埋进书里。

有一天,陈四海最担心的事还是发生了。他唯一的口罩头天洗了,晒在寝室,第二天起床,却无论如何也找不到了。他仔细观察宿舍的每一个人,觉得每一个人的表情都意味深长,都很可疑。于陈四海来说,失去口罩就如同撞上一场车祸。当天,趁同学们都去上课了,他用笨拙的手亲自缝制了一只口罩。

二十多岁的陈四海夹在两堵密不透风的墙中间,左冲右突,撞得鼻青脸肿,始终走不出去。这两堵墙,一堵叫作愚昧,一堵叫作偏见。

9

陈四海和冯秋水之间,始终隔着两堵厚厚的墙。

陈四海戴着一只黑口罩,冯秋水戴着一只白口罩。

只有戴着口罩，他们才觉得安全，才可以自由呼吸和恋爱。

同陈四海谈恋爱后，冯秋水脸上开始有了一些轻浅的微笑，那笑是自心底漾出的。并且，关于她是同性恋的谣言，也不攻自破了。

冯秋水想，陈四海真是一块有意思的木头。曾经有一个男人说她是块木头，但她遇到了一个比她更木的人，这真有趣。可他有一个令冯秋水十分诧异的习惯，冯秋水一直没有说出口。有一天两人散步时，心情都极好，冯秋水试探着问他。

你为什么老戴口罩？

因为外面的世界太肮脏。

那你呢？陈四海反问道。

冯秋水并未作答。她无数次想冲动地揭下他的口罩，看看他真实的模样，但旋即又强行摁住这个念头。

冯秋水不会懂得，接吻对于陈四海来说，有多么重要的意义。他自认是一只坠入凡间的受伤的青蛙，只有遇上属于他的女神的吻，才能变成王子。他一直在等待他的女神来吻他。陈四海还有一个秘密永远也不会告诉冯秋水：冯秋水比他高出半个头，只有吻她时，他才可以抬起低垂了二十多年的头。

一天，陈四海满身酒气地冲到冯秋水的宿舍，欣喜若狂地告诉她，自己被保送读研究生了。冯秋水露出久违的笑，热切地抱住他。陈四海想吻她，冯秋水却将头扭到一边。陈四海执拗地扳过羸弱的她，强行扯下她的口罩。

冯秋水惊惶失措，慌忙用手捂住嘴。陈四海隐约看到了她的面容。他曾猜测她也如自己一般有隐疾，事实却是，冯秋水比他想象的还要美，还要完美。巨大的欣喜冲击着他，更激发了他想占有这个女人的欲望。

冯秋水固执地百般抗拒。她幽幽地说，我不能吻你。

为什么？

蛇，我怕那条蛇。

哪里有蛇？

它在我心里，我赶不走它。

我替你赶走它。

你赶不走。对不起。

对不起？为什么说对不起！你有什么对不起我的？你背着我做过什么见不得人的事吗？方才热情的陈四海倏地一冷，硬邦邦地问。

你说什么？冯秋水莫名其妙地问。

陈四海借着酒兴，索性放胆挑明了。我长这么大，去过一次洗头房，是被一个穿着黑丝袜的胖女人拉进去的。我本来是想进去洗头，没想到那个女人一开始就要脱我的衣服。我嫌她脏，就付了五十元钱，同她聊了一个小时。那个女人告诉我，她从来不同他们接吻。她还说，她们身上最干净的地方就是嘴了，所以看得非常神圣。冯秋水，你告诉我，你不愿意跟我接吻，是不是因为你以前做过跟她一样的事？

陈四海，你混蛋！滚！

冯秋水吼出了近二十年来的第一句粗口，又使出浑身的力气，狠狠地扇了他一巴掌。

陈四海一脚踩空，滚下楼梯。他挣扎着爬起来，欲追上冯秋水，她早已消失在他的视野中。他的酒立即醒了，他后悔得直扇自己的耳光。被冯秋水扇过的那半边脸已经红肿，他又噼里啪啦地将自己的另半边脸扇得对了称。他想，只有闭嘴才不会落人口实，才不会伤人，才能免受伤害。

他们像两条孤独的河流，匆匆流向各自的孤岛。

10

正如所有美好的童话故事里都有一个恶毒的继母一样，冯秋水的继母突然闯入他们原本平静的生活。那天，冯秋水下班后正准备晚餐，陈四海即将上班，一个体态臃肿的中年妇女推门而入。她的高跟鞋重重地踩在地面上，正在切菜的冯秋水心一惊，菜刀滑到了手上，手指渗出几滴鲜血。

中年妇女将陈四海从上到下又从下到上扫视了几番，最后将目光停在他的口罩上。他很快明白了她是谁，短暂的怯懦之后，他同她对视起来。这赤裸裸的挑衅激怒了中年妇女，她将手指戳到陈四海鼻梁上问他是谁。

一向柔弱的冯秋水此刻也变得强大起来。纵然是一只蝼蚁，面对大象的凌辱也是会垂死挣扎地咬一口的。她不卑不亢地说，他叫陈四海，是我男朋友。

就你，还男朋友？

中年妇女撇撇嘴，又问，哪儿的？有几套房？买车了吗？

陈四海咬着牙答道，农村的，无房无车。

中年妇女嗤了一声，就凭你，还想吃我们家的天鹅肉？也不照照镜子，看看自己长的啥德行。

妇人无休止地骂骂咧咧，唾沫星子喷到陈四海脸上和身上。陈四海仿佛回到了童年，隔壁的英子妈拿着菜刀边剁边骂，她的利刀刀刀切在他身体上，他却硬挺着，努力关闭自己的耳朵。他眼睁睁地看着自己和冯秋水血流成河，却始终紧抿着嘴。

好不容易送瘟神般将继母请走，冯秋水继续做饭。陈四海却无心进食，他脑海里反复回响着中年妇女的话："不买房，就分手！"按理说，两人平时省吃俭用，开销并不大，工作几年来也基本攒够了首付的钱，冯秋水也几次提出购房，都被他敷衍了过去。他何尝不想给她一个可以遮风挡雨的家呢？可是，一买房，他的治疗费就遥遥无期了。他想给冯秋水一个完整的自己，许她一个完美的未来。

继母隔三岔五地来冯秋水家，每次都要指手画脚一番。更有一次，她不屑一顾地对陈四海说，你以为冯秋水真的冰清玉洁？告诉你吧，她六岁的时候就被人害了……继母突然噤口，又用怪异的眼神瞄着陈四海。

继母的话，无异于一记响亮的耳光，扇得陈四海很长一段时间身心俱痛。此后，陈四海看冯秋水的目光总

唇 吻　131

有些躲闪,似乎想从她蒙着口罩的嘴里挖出点什么,又生怕一揭开口罩,里面会飞出他既期待又畏惧的秘密。

敏感的冯秋水察觉到了什么。有一天她站在陈四海面前,俯视着单薄的他,陈四海不敢直视她的眼睛。冯秋水却定定地看着他,陈四海捕捉到了她眼中奇特的东西。

冯秋水一把拽下口罩,认真地说:"我不是那种人。我全身从上到下,每一根汗毛都是干净的。你可以不接受我,但你不能歧视我。"

陈四海开始认真地审视她。这是他见过的最干净的一张脸,她眼里有些飘忽的东西,她的嘴因长期不见阳光而苍白,双唇倔强地紧抿着。陈四海试图用手拭干她的眼泪,冯秋水却别过脸。陈四海搂紧她瘦削的肩,开始用戴着口罩的嘴细细地吻她的眼泪,泪水却越吻越多。他的吻靠近冯秋水的嘴唇时,冯秋水的双唇动了动,陈四海却停住了。他轻叹一声,缓缓地替她戴好口罩。

11

十年内我陈四海一定要吻到一个女人。

2008年冬天,陈四海站在寒风凛冽的稳河边,面对湍急而混浊的河水庄严立誓。他丝毫不关心那年全国人民瞩目的地震、奥运会和雪灾,只信誓旦旦地想吻一个女人。对于不到二十岁的陈四海来说,接吻是神圣的,是一件比生与死还要神圣的事儿。距离他在稳河边立誓打啵儿,已经过去了五年,他还是没有吻到一个女人。嘴有三种功能:吃饭、说话和接吻,而接吻这种功能他几乎快丧失了。打啵儿这个词,在他脑海里一沉就是近二十年。其间,他亲过挂历上花枝招展的女明星,甚至还偷偷亲过邻居家一个可爱的小女孩,因为那个不会说话的孩子不会嫌弃他。

陈四海呆坐在镜子前痴想,能否去网上淘一个吻,抑或是到花街柳巷花钱买一个真正的吻?他脸上现出难得的一笑,旋即,对面的镜子里又还原出一张惊惧、愤怒而绝望的脸,和夜色一样阴沉。他将一只手扑到镜面上,紧捂住镜中人微张的嘴,恨不能把那人的嘴拧下来。镜中那只嶙峋的手握成一个剑拔弩张的拳头,似乎随时会从镜子里跳出来,伤害任何一个人,或是任何一个它碰触到的东西。陈四海对着镜子将嘴又揪又掐,仿佛他折磨的不是自己,而是镜子里的那个人。他和镜中人一同呼吸，时而急促，时而微弱。他将照镜子当成一种游戏，这个诡异的游戏让他乐此不疲。不知玩了多久，他和镜中人一起渐次隐匿在黑暗中。

冯秋水很长一段时间都不愿理他，陈四海的心也空了。

想冯秋水时，他就对着一张写满她名字的纸疯狂亲吻。他没有冯秋水的照片，因为冯秋水同他一样，也极不爱照相，几乎没有一张照片。他还藏在被子里想象真正的打啵儿，想得身体滚烫。他甚至亲过自己的手臂，却全无快感，咬起来也没有痛感。

冯秋水曾问他为什么老戴口罩，他的回答是"因为外面的世界太肮脏"。只有陈四海心里最清楚，这句回复是他的一句最真实的谎言。他并不喜欢戴口罩，口罩让他的身心都非常憋闷，但只有戴上口罩，他才能畅快地自由呼吸，与众生平等，没有人能看到他的与众不同。不知为何，冯秋水也戴上了口罩，两人只剩下半张脸示人，直立行走，仿佛都戴着一层面具。

本来被保送读研究生的陈四海，因为生理残疾被换了下来，取代他的，是多次赞助他们学校拉关系的某企业家的千金。那位千金考试屡次挂科，也是他曾求而不得的女神。陈四海接到通知那天，独自去本市的一条江边干号了几声。他想起母亲常说的，儿啊，这就是命，咱认命吧！从前他不信命，但此刻，他信了。

全班同学像商量好了一样，都以各自的方式来安慰他。他照常上课、吃饭、睡觉，同平常无异，但同学们的怜悯无时无刻不在提醒他：你是一个失败的弱者，你是一个残疾，一个另类，你应该被我们同情。他想起同冯秋水一起看的一部电影中的台词：这世上比所有人都瞧不起你滋味还难受的，就是所有人都同情你。

陈四海大学毕业了，一毕业他就失业了。他投出了几百份简历，却都石沉大海。他又参加了无数次招聘会，在面试关上无一例外地被淘汰了，其中一位招聘主管鄙夷地说，你来我公司应聘是对我们极大的侮辱。这位招聘者的语气像极了当年高考招生办的人。不同的是，当年的他百般隐忍，此时的他却懂得了反抗。陈四海义正词严地反驳了几句，并坚持要求主管道歉，若不是被人拉住，陈四海必定大打出手。三个多月过去了，陈四海的同学纷纷签订了就业协议，他却依旧待业。他开始坐吃山空，实际上他从来没有任何靠山，他的那座荒山仅够他维持不到一周的生活。陈四海开始想念母亲和冯秋水了，也念念不忘终有一天属于他的冯秋水的吻。

陈四海将求职标准一降再降，几经周折终于找到一份仓库管理员的工作。这是一份没有人愿意干的活儿，陈四海却比较满意，这份工作需要一个夜班值守人员，他愉快地应承下来。只有在黑夜中，他才可以面对真实的自己，也才可以将这个世界看得真切。

他每天晚上八点上班，第二天早上八点下班，漫长而无聊的上班期间，他都会静坐在夜里，同月亮与星星进行无声的对话。深夜里他不用戴口罩，没有口罩，他觉得自己是一个完整的人。他大口大口地呼吸，想将整个天空吸进身体里。

下班途中，他遇到了一条流浪狗。那条狗脏得似乎从来没有洗过澡，无精打采地趴在路边。陈四海的闯入让它吓了一跳，但它仅抬了抬眼，继续慵懒地趴着。陈四海和它长久地对望着，又将手中的晚餐、四个包子中的一半分给它。它试探着吃完，陈四海离开时，它亦步亦趋地跟着他。陈四海赶它，它退缩；陈四海前进，它也前进。它走路时，一条腿是瘸的，耷拉着左右晃荡。陈四海心一疼，便下决心将它带回家。

这只狗丑得出奇，还跛了一条腿，陈四海却待它如上宾，给它洗澡、剪毛，喂它最好的食物，它每天的伙食甚至比陈四海的都好。他为狗取名"啵儿"。啵儿不听话时，他就会轻轻地打它，他越打它，狗儿就越不听话，所以，陈四海有事没事经常打啵儿。

有了啵儿，陈四海的生活再也不寂寞了。忙完工作，他会带着啵儿在月光下散步，同它没完没了地絮叨。啵儿从不反驳，只偶尔吠两声回应他。有时他想念冯秋水了，就拿啵儿出气，一脚轻踹过去：滚。

12

冯秋水平生只对两个人说过"滚"，一个是她的父亲。父亲车祸后瘫痪在床，他趁冯秋水不注意，拿了水果刀准备割腕自尽。冯秋水拼命拉扯住父亲，怎奈她体弱力薄，父亲一意孤行，情急之中她吼道："滚！"父亲一愣，水果刀滑落，冯秋水号啕大哭。不久，父亲还是走了，从病床上滚落，再也没有爬起。冯秋水还对陈四海说过"滚"。她眼睁睁地看着他因吻不到她而落寞地"滚"下楼梯，却没有拉住他的手，只将自己藏在角落里，目送他蹒跚的背影。

冯秋水近期时常做噩梦。同陈四海相处时，她的梦是暖和的，可就连她最依赖的陈四海，也会用恶毒的话来伤害她。她不明白陈四海为什么会怀疑她出卖过自己，只知道自己这些年的日子过得鸡飞狗跳、一地鸡毛。每次想起老孙头那条邪恶的舌头，那条比蛇还毒的舌头，她便会打冷战。那条蛇无时无刻不在缠绕她，啃噬她，占据她无数个不眠之夜。她心里有一处阴冷的死角，自己走不出去，别人也闯不进来。

陈四海冒失地进入她一潭死水的生活，又匆忙逃离。那个保安的来去像刮了一阵微风，在她心里激不起丝毫涟漪，陈四海的误解却让她感到天塌地陷。她尝试过用各种方法来排遣痛楚。她毫无节制地吃，很快胖了几斤。因为失眠，她接连熬了几个通宵，又迅速瘦了下来，也憔悴了许多，深陷的眼窝看去有些骇人。她还进行剧烈运动，拼命地跑步，跑得差点休克。她开始恼恨陈四海，若不是他，自己的生活本来可以过得波澜不惊。

冯秋水寻遍整个城市，才找到一只儿时记忆中的水缸。她往缸里注满凉水，将自己浸泡进去。她蜷在水缸里，回忆着同陈四海发生的故事，缓缓入睡。梦里，一只只臭气熏天的破鞋子向她飞来，每一只鞋子都张着血盆大口，狞笑着……

冯秋水醒来时，映入眼帘的是一张熟悉又陌生的脸，那张脸褪去了口罩，深情地看着她。她伸出手，摸到一张湿漉漉的脸。

13

陈四海以为再也见不到冯秋水了。两人分开的一个多月里，他茶饭不思，时常失眠。他觉得自己快要死了，临死前他一定要见冯秋水一面。冯秋水哀怨地看着他，很快泪水涟涟。陈四海手足无措，他害怕女人的眼泪，尤其是心爱的女人的眼泪。他想拥抱她，吻干她的泪，却呆立着，纹丝不动。冯秋水从水缸里站起，狠狠地扇过一个耳光，扇出了陈四海的一脸泪水，这耳光让他感到幸福。冯秋水扑到他怀里，又捶又咬。他不住地抚慰她，她任由他抚摸着，发出轻微的喘息声。陈四海兴奋的双手往下游走时，冯秋水巧妙地躲闪着，毅然用手拦住了他。他仍想挺进，却被冯秋水狠咬了一口。陈四海放弃了进攻，发出一声低吼。他们紧紧地拥抱在一起，彼此的身体让他们温暖和安全。末了，陈四海抑制住强烈的冲动，只在冯秋水的额头上轻轻地吻了一下。这是陈四海的初吻。

住到我那儿去吧。冯秋水认真地说。

冯秋水第一次走进陈四海租住的地下室时，不禁长叹一声。那间房子用"简陋"来形容，已是极慷慨。她一走进去，天花板上的一块墙皮就掉落在她头顶，差点砸伤她。屋里少得可怜的几件破旧家具，不知是他从哪儿捡来的。

陈四海咧开嘴笑道，好。

他又问，啵儿能带上吗？

谁？

啵儿，我的狗。

一只丑得鼻子找不到眼睛的狗儿摇尾跑到她跟前，她吓得直往陈四海身后躲。陈四海蹲下身，打了它一下，狗儿就拖拖拉拉地跑开了。它叫啵儿，我经常打它。陈四海意味深长地说。冯秋水好像并未意会，这让陈四海隐隐有些失落。

不！不要！

除了陈四海，冯秋水谁也不信。陈四海眼中的火苗缓缓熄灭，他将正在准备的一个包裹随手一扔。不能带啵儿,我哪儿也不去。

冯秋水最终还是妥协了,她深知陈四海的倔脾气。他还提出了一个附加条件,他得承担一部分房租,冯秋水又妥协了。

冯秋水的房子是租来的,离陈四海的公司不远。陈四海上夜班,冯秋水上白班。陈四海晚上八点上班时,冯秋水刚下班不久。他早晨八点下班时,冯秋水也准备上班了。为了能给陈四海做晚餐,她一下班就往家赶,为此,公司领导多次批评她。陈四海也是一下班就给冯秋水准备早餐。两人像牛郎织女,在每天的晨与昏里温馨交错。

冯秋水觉得,经历过这么多事,他们注定要在一起,再也不会分开了。她开始同陈四海玩起了"捉迷藏"的游戏,这种游戏自父亲离世后她再也没有玩过。被同学和同事欺凌时,她很想偷走他们心爱的东西来报复他们,但她告诉自己,"捉迷藏"只能同自己爱的人玩,否则就不好玩了。陈四海已经习惯了被生活捉弄,今天丢了笔记本,明天又神奇地出现在他房间里,明天没了一条围巾,半个月后又莫名地回来了。他不知道,他遗失东西后短暂的失落里,隐藏着冯秋水长久的快乐。

那只名叫啵儿的丑狗影子似的时时跟随陈四海，一刻也不离开。冯秋水从未喜欢过它，但也说不上讨厌，她明白这条瘸腿狗在陈四海心中的分量。陈四海啵儿长啵儿短地唤着，这让她有一天突然开了窍，恍然大悟陈四海给这条狗取名为"啵儿"的用意，不禁有些懊恼，好几天没搭理他。

冯秋水生日那天，陈四海破天荒请了一次假。陈四海捧着一束火红的玫瑰出现在冯秋水面前。这是他第一次买花，这束花用了他一周的伙食费。平生第一次收到玫瑰花的冯秋水也百感交集，回赠他一个结结实实的拥抱。

我可以吻你吗？陈四海在她耳边呢喃道。你的口罩……冯秋水迟疑地说。陈四海迟疑地将手放在口罩边，取下一半时，冯秋水默默地替他戴好，又贴近他，隔着口罩轻吻他。陈四海闭上眼，感觉口罩濡湿了。他们就这样安静地长吻着，仿佛口罩已不存在。

这一天，两人终于可以结束黑白颠倒的日子，像其他情侣一样一起逛街、吃饭、看电影，或者什么也不做。陈四海为冯秋水做了满满一大桌丰盛的菜肴，自己却戴着口罩，看着她吃，不停地为她夹菜。冯秋水不停地吃着,也不停地笑着,她感觉这些年来的快乐都在这一天里花光了。一想起陈四海竟误以为她曾出卖过自己,这快乐又大打折扣。她将几句到嘴边的话一忍再忍,最终还是禁不住冲出了口。

陈四海,我没有出卖过自己。

对不起。陈四海一愣,旋即羞愧地道歉。

我真的没有。

我相信你。

但你怀疑过我。你怎么能怀疑我呢?

对不起,我只是想吻你。

我只是不习惯接吻。

那你吻我一下。

陈四海将脸凑过去,冯秋水却躲开了。陈四海将冯秋水背在身上,她挣扎了几下,犹豫地抱着他的颈脖,箍得死死的。冯秋水有些沉,陈四海依旧背着她走了很久,舍不得放下,似乎一放下,她就会同黑夜一起消逝。

陈四海牵着冯秋水的手从街头走到巷尾,从桥东走到桥西,大半个城市被他们踏遍了。两人不知疲倦,也不记得时间。

整个城市都睡了,相爱的人儿仍旧恋恋不舍。冯秋水困极了,陈四海赖在她床边不肯离开。你不是嫌我脏吗?冯秋水哀怨地问。不嫌,是我的口臭。陈四海狡黠地说。陈四海试探着爬上她的床,又得寸进尺地钻进她的被窝,冯秋水半推半就地默许了。两人挤在一张狭小的床和一个枕头上,越走越近,再无距离,仿佛已做了几世的夫妻。

这一夜,冯秋水做了一个很长的梦,梦到被一个非男非女的人胁迫着。那人用胳膊架在她颈项上,她几乎窒息,拼命挣扎,好不容易找到一个反抗的机会,便朝着那人的手臂狠狠地咬了一口……

身旁的陈四海忽然哀号一声,冯秋水骤然惊醒,才发觉他的手臂正搭在她喉部。冯秋水心疼地抚摸着他胳膊上深深的牙印,若再使劲,必定会咬出血来。陈四海戏谑道,要不要去打疫苗?冯秋水调皮一笑,在他的伤处补上一口。这一口咬得极轻,轻得变成了一个温柔的吻。

陈四海带着温柔的疼痛安稳入睡,这是他二十余年来睡得最香的一夜。冯秋水枕着陈四海的臂膀,像枕着一片海,她渴望停泊在他的海湾。醒来时,陈四海已备好丰盛的早餐,他像牵一位公主一般将她牵到餐桌前,又用双手捧上一碗热气腾腾的稀饭。冯秋水紧盯着陈四海受伤的手臂，会心一笑。她注意到，她咬过的齿印，被陈四海用红笔画成了一个鲜红的唇印。

14

相识两周年的日子，陈四海带冯秋水来到稳河边。这一天也是陈四海在河边发誓整整七年的日子。

他们乘火车到陈四海家。途中经过许多条隧道，每次列车一进隧道，陈四海的心就蠢蠢欲动。在光明与黑暗交替的那一刻，漫长的黑色将他们包裹，陈四海将嘴唇靠近冯秋水，越来越近了，他甚至能听到她轻微的呼吸声。就在他即将触到冯秋水那双柔软的唇瓣时，天亮了，冯秋水闭上眼，紧抿着嘴唇。陈四海轻轻地叹息着，顺手抄起桌上的一只空矿泉水瓶，用力抛向车窗外。

他将冯秋水带回家，才得知母亲去了邻村参加一场白喜事。冯秋水鼓起勇气来见未来的婆婆，却未能见到，这让她有几分失望，也有几分暗喜。陈四海拉着她的手，将她带到了稳河边。这条河对于他来说是神圣的，他快乐或者伤心、落榜或是高中，都会来到河边大哭或狂笑一场，七年前，他还曾在这条河边庄严立誓要吻一个女人。今天，他将在这条神圣的河边，真真正正地吻一个女人，一个属于他的女人。

陈四海在咆哮的稳河边长跪不起，任由泥沙灌进他的嘴里。冯秋水也受了感染，默默地站在水边，偶尔有一两只白鸟掠过她的肩头。两人就这样静静地立着，混浊的河水从身边淌过，双脚湿湿的。风吹落了冯秋水的围巾，落进河里，荡过去，又漾回岸边，他们全无知觉。

天色渐暗，鸟儿归了巢，陈四海仅给了冯秋水一个轻轻的拥抱，两人便回了家。当晚，陈四海辗转反侧，他不明白，明明想痛了心地要亲吻，为什么最终只是拥抱了她呢？

陈四海万万没想到，此次回家，与母亲竟是永别。

母亲得知儿子回家，连夜往家赶，不料一脚踩空，掉进一个蓄水池里。她被人发现时，身体已浮肿。陈四海连滚带爬地来到母亲面前，母亲的嘴是微张的，她临走前一定呼喊着他的名字。陈四海轻轻拂上母亲的唇，又在她惨白的唇上一遍遍地亲吻着。只有母亲不会嫌弃他，只有母亲才会像稳河水一样包容他。而此刻，母亲残忍地带走了他的全部。

他曾经以为，人在最绝望的时候会撕心裂肺地哭。后来他才知道，目光空洞地沉默不语，才是真的心死。

他记起，尽管离家仅一百多公里，他却一年才回一次家。他舍不得路费，他想多攒一些钱，尽快治好他遭人耻笑的嘴。母亲十分想念他，但也舍不得车费，每次来看他，都要走一百多公里，双脚磨掉几层皮。夜深了，母子两人坐在人烟稀少的操场上，天空没有一颗星星。夜有些冷，黑暗中，没有人能看到他的与众不同，没有人在意他们深入骨髓的贫穷，也没有人看得到他无声的眼泪。他哽咽着问母亲，妈，你当初为什么要生下我？母亲哭着说，儿啊，你爹看你第一眼就想把你扔掉，被我拦住了。当天晚上，这个杀千刀的趁我睡着了，偷偷把你扔到坟场。我半夜惊醒了，从床上找到床下，找遍了整个屋子，到处找不到你。你爹在装睡，我拿了菜刀要跟他拼命，他才告诉我你在坟场。我狂跑到坟场，把你从冰凉的坟墓前抱回来，那时你已经快不行了……

陈四海恍然大悟，难怪他经常梦见自己被埋进了坟堆，全身被掩埋得密不透风，呼吸困难，只有永远也合不拢的嘴勉强能呼吸，一只巨大的蟑螂从他嘴的缝隙处爬进他唇内，穿过他的舌头，试图进入他的喉咙。他拼命咳嗽，蟑螂又肆无忌惮地咬他，他想叫，却喊不出声……

这样的噩梦反反复复地折磨他，那只巨型蟑螂啃噬掉他大半个青春。

那天晚上，陈四海有很多话想同母亲说，最终没有说一个字。他只在微弱的星空下咧开嘴笑着，笑出了一脸眼泪。

冯秋水彻夜不眠地陪同他，好几次哭晕过去。她想到了自己早逝的母亲和疼爱自己的父亲。如若父亲仍然健在，将所有的老孙头都扔进粪池，她又何至于尝遍世间的辛酸？

母亲头七那天，陈四海狂奔着来到稳河水边。他跪在河滩上放声大哭，似乎要将这二十多年来所有的委屈都哭出来。冯秋水也跟随他来到河边，她将自己浸泡在冰冷的河水里，任由污浊的河水一遍遍冲刷身体。她多希望时光倒流到六岁那年，让稳河水洗刷掉她所有的污秽，还她一个清白之身。

陈四海亲吻着大地。

冯秋水亲吻着河水。

他们紧紧依偎，却没有亲吻彼此。

15

那年的稳河水结了厚厚的一层冰，很久才解冻。

陈四海很长时间才从母亲逝世的阴影里走出来。他想，自己并不是一无所有，他还有冯秋水，还有啵儿这条又瘸又丑的老狗。母亲的葬礼上，他再次遇见了高考那年为他体检的医生。那位医生拄着一根龙头拐杖，老得完全不认得他了，他却牢牢记住了医生当年对他说的话，好好念书，才不会让人瞧不起。陈四海仿佛重新看到了曙光，希望一点点复苏。他开始拼命攒钱，希望某一天成为一个正常人出现在冯秋水面前，光明正大地挽着她的手，在大学校园里赏花观月，带她去最好的商场买最贵的衣裳，在光天化日之下大胆地吻她，做一切浪漫的、放肆的事。但这个秘密，他只能默默地压在心底。

陈四海和冯秋水的爱情如同稳河水一般，时而平缓，时而湍急。

两人小心翼翼地靠近，又保持最适当的距离。只有这样，他们才彼此温暖，亦不会受伤。

同冯秋水相恋的第九百九十九天，陈四海终于攒够了治病的钱。他将那些钱装进一个硕大的陶瓷罐里,足足盛了满满一罐子。那个陶瓷罐原本是他装腌菜用的,每次回家,母亲都会为他装一罐腌菜,直到罐子塞不下。他吃完后,母亲又给他送去。这些年来,他每一餐必吃母亲做的腌菜,那腌菜咸咸的,又甜甜的。母亲走后,他曾尝试着做腌菜,却只尝到了苦味。时间久了,他也懒得做了,便将罐子洗净,存放零钱。那些零钱从一分钱到一百元,花花绿绿地堆在罐内。他每日趁冯秋水上班时,便会取出一堆零零星星的钞票,仔仔细细地数一遍,每多一张钞票,他的心就会暖和几分。他不敢将这些钱存到银行,连他最爱的母亲都会消失,他不再相信什么是永恒的。也许,也许稳河水里的沙子和稳河边的誓言是不变的,陈四海正用行动努力向冯秋水证明,世上还有一种叫作"永恒"的东西。

16

为了庆祝自己即将到来的新生,陈四海从菜市场买了许多肉菜,这些菜两个人几天也吃不完。回来的路上,他碰到了一个人。陈四海一眼就认出了陈二狗。没错,他正是当年让陈四海明白什么是打啵儿的陈二狗，是无数次当着小伙伴的面，将他推进田地里、水塘里、臭水沟里的陈二狗，是用各种办法羞辱他的陈二狗，是当年信誓旦旦地宣称陈四海要是考上大学他就围着全镇倒爬三圈的人的儿子陈二狗，也是陈四海高考复读那年向体检医生求情的陈二狗。母亲曾告诉他，陈二狗没考上大学，在镇上的一家水泥厂上班。眼前的陈二狗烫着"杀马特"发型，穿一套山寨版的阿迪达斯运动服，脖子上挂着一串难辨真伪的大金链，足蹬一双内增高皮鞋。陈四海看着阔别十几年的陈二狗，莫名地感到悲伤。记忆是种伤人的东西，它会将不堪的往事猝不及防地扔到你面前，无论你是否愿意。

陈四海低下头，加快脚步走过去。陈二狗却追了过来，用半生不熟的普通话说道，四哥，真，真是你呀。这么多年来，比他小半岁的陈二狗第一次叫他哥。尽管陈二狗那怪异的眼神穿透口罩看破了他的秘密，陈四海仍面无表情地将陈二狗带到了冯秋水家。陈二狗像走进大观园一般，一会儿摸摸冯秋水的书架，一会儿又在陈四海养的一盆兰花前赞叹不已。趁陈四海不注意，他悄悄地掐掉了唯一含苞待放的兰花。

陈二狗第一眼看到冯秋水时，双眼发直。他想不到从小活得像条狗一样的陈四海竟能找到美得像仙女的女朋友。她将全镇的女人都比下去了，这让陈二狗心里很不爽。冯秋水一进门，见家里多了个人，碍于陈四海的面子并未发作，只嘴角微微一扬。

当晚，陈四海和陈二狗你来我往，双双喝得酩酊大醉。冯秋水想让陈二狗住到宾馆去，陈二狗却说，花那冤枉钱干啥？就住这里，沙发也行！冯秋水无奈，只得将两人分别扶到床上和沙发上。她忍着怨气将陈二狗坐过的椅子擦了无数次，又将他用过的酒杯扔进了垃圾桶。

陈四海这一夜睡得很不安生，一个接一个的噩梦插着队闯入他的睡眠。他一会儿梦见冯秋水死了，一会儿是自己死了，有时是母亲活过来，死死地盯着他，他犹疑地叫了声"妈"，母亲却飘走了，只留下一个三角形的陶瓷罐。他拼命追上飞翔的陶瓷罐，到手的罐子却倏地碎了，碎片划伤了他的手，他拼命止住手上的血，豁着的嘴却开始流血……

陈四海是被冯秋水的尖叫声惊醒的。他一跃而起，看到了被陈二狗压在身下的冯秋水。冯秋水哀怨地看着陈四海，陈四海全身的血开始沸腾，双眼血红。他握紧双拳，没头没脑地向陈二狗身上夯去。陈二狗猛烈反击，还趁势试图拿掉陈四海的口罩。陈四海拼命护住口罩，陈二狗趁机对他拳打脚踢，陈四海的头部涌出了鲜血。陈二狗正欲起身，忽然背后一记闷棍，他重重地倒了下去。

冯秋水扔下手中的拖把，冲进卫生间，边哭泣边一遍遍冲洗自己的身体。尽管陈二狗未得逞，但她觉得自己干净的身体只允许陈四海一人碰触。

陈四海住进了医院，陈二狗当晚逃回了村里。陈二狗的父亲自然不愿意，当天就从村里赶来，狠狠地扇了陈四海几个耳光。此事也惊动了冯秋水的继母，她气急败坏地来到冯秋水面前，指着她的鼻梁骂，破鞋！

继母的劣质香水熏得冯秋水吐了，也哭了。若不是被冯秋水拉住，陈四海一定会同那个中年妇女拼命。陈四海受了重伤，他的眼睛肿了，鼻子流着血，胳膊破了皮，腿上也青紫了一大片，唯一完好的皮肤只有戴着口罩的嘴。冯秋水心疼地抱住陈四海，哭着说，你为什么要放那个手脚不干净的畜生进来！陈四海这才发现，他奉若珍宝的陶瓷罐里的钞票不翼而飞。

17

陈四海从没想到这辈子会进监狱。他稀里糊涂地被几名警察带走，坐上了一辆白色的警车。那天，整个城市雾霾深重，那条叫啵儿的瘸狗紧跟在警车后面，伸着长长的舌头跑了很久，很久。陈四海望着啵儿，那条狗离他越来越远，渐渐离开了他的视线。它老了，和自己一样丑，也许，他再也打不到啵儿了。

冯秋水第一次探视陈四海时，觉得他明显老了许多。她看到陈四海时，愣了一下，陈四海也呆住了。这一次，他们都没有戴口罩，彼此之间却隔着一道厚厚的玻璃墙。陈四海低下头试图躲闪，又高扬起头，让她看个够。

冯秋水呆呆地看着她等待了好几年的谜底。那张嘴有三瓣，残如破门，白花花的牙肉袒露着，遮掩不住两颗参差的大门牙。那张嘴微张，无论如何也合不拢，似有满腹委屈想哭诉，却被紧咬在了齿缝间，撬都撬不出来。那两扇唇扛着的嘴，如一只受伤的鸟儿撑着沉重的双翼，眼看大雨即将来临，双翼扑腾却无法迎风而起。

冯秋水将手贴到陈四海嘴唇的位置。她轻轻地抚摸着那张嘴，起初冰冷、干涩的唇很快有了温度。她的指尖划过他温润的唇，他轻轻地吮吸她手上的每一寸肌肤，从指端到手腕，甚至每一片指甲，他都吻得如痴如醉，恨不能将它们吸进身体里。她感觉到手被濡湿了，肩膀也剧烈颤抖。他们隔着一层厚厚的玻璃，但他们吻到了彼此。

许久，她才恢复平静。她想告诉陈四海，陈二狗家给继母送了许多彩礼，继母都照单全收。她还想说，陈二狗的爹围着全镇倒走了三圈，给每家每户都送了礼，为的是让他们为陈二狗作伪证。然而，满腹的话语凝结在唇边，他们执手相看，长久无言。他们将自己真实地袒露给对方，怎么也看不够彼此。

被狱警拉开的那一刻，陈四海狠狠地咬了一口冯秋水的手指。冯秋水痛得笑了，笑着离开了监狱，那是世间最美的笑容。陈四海也咧开嘴笑了，笑得比哭还难看。

那次探监后，冯秋水就从陈四海的视野里彻底消失了。陈四海不会知道，狠心的继母将准备逃婚的冯秋水囚禁起来。

冯秋水被关在黑咕隆咚的屋子里，眼睛都快哭瞎了。她脑海里反复重现十五年前的一幕，老孙头从粪池里爬出来，将邪恶的舌头伸向她，又用长满利刺的魔爪将她覆盖，霎时，老孙头又变成了陈二狗……冯秋水歇斯底里地叫着，用头猛烈撞墙，撞得鲜血淋淋。她又将长期未换洗的衣服撕成碎布条，摇曳着布条在黑屋子中舞蹈。她撕下墙上贴的所有报纸，将报纸上所有的人都当成陈四海。她又哭又笑地亲报纸上男的、女的，黄皮肤、白皮肤、黑皮肤，各式各样的陈四海都被她亲了个遍。她疯了。

陈四海一次次用头撞击冰冷的铁窗，他的白发同铁窗一起颤动。他时常回忆起冯秋水温暖的笑容，她温润的吻牢牢烙在了他残破的唇边，供他无数次醒着、梦着时重温。八年前稳水河边的誓言，在他耳边反复回响。他注视着铁窗外射进来的微光，郑重立誓，出去后的第一件事，就是要真真正正地吻冯秋水，用尽后半生的劲，狠狠地吻。

（原载于《南方文学》2015 年第 5 期）

孤　鸿

他轻轻地推开夏秋麦,将一堆零散的钱一股脑儿地塞到她手里。夏秋麦用惊异的眼神看着他。他嗫嚅着说,对,对不起,对不起……

1

八岁那年，一场高烧将伶牙俐齿的夏秋麦变成了一个哑巴。她的母亲跟一个挑货郎跑了。父亲成日不归家，回来了也是烂醉如泥，动辄骂咧挥拳。她和奶奶相依为命，她们只当他是死了。

夏秋麦习惯低头走路，避免看到那些复杂的眼神和上下翕动的嘴。这一天，她低着头，行色匆匆，经过一片草丛时，一道奇异的光射中了她。她好奇地蹲下身，扒开草丛，意外地看到一堆零散的钱币躺在没被踏过的野草里。她望了望四周，空无一人，她慌忙起身，准备继续前行，但双脚无论如何也挪不动了。钱是捡的，不是偷的，她拼命安慰自己。她一把把地将一堆钱币抓进衣兜里，几枚硬币从她手中蹦了出来，她迅速拾起，又开始奔跑，将草丛远远地抛在身后。回到家，她瘫倒在床上。平静下来后，她开始数钱，每一角、每一分都被她反反复复数了许多次。十元四角。这是活了十五年的夏秋麦最大的一笔财富。她在狂喜与惶恐之中度过了漫长的一夜。

她有许多梦想，买一把上好的木梳，买两块香喷喷

孤 鸿

的肥皂，买一条碎花裙子，买一顶遮阳的大檐帽。她还想给奶奶买一副眼镜、一双棉鞋……这十五年来，她几乎感受不到什么是快乐，当她握紧手中那一把钱时，她尝到了金钱带给她的喜悦，只有把钱花出去，她的快乐才能变现。她在集市上游荡了一整天，一无所获。

第二天天刚亮，夏秋麦就到了供销社门口。门没开，她就站在那里等，像是过了一天，营业员才来，打开链子锁。她低着头，跟了进去。手在口袋里紧攥着钱，她不安地四处张望。柜台上方挂着的一条蓝色健美裤像一只钩子，迅速将她钩住了，她的双眼再也无法挪开。她看了看营业员，用手指着那条裤子。营业员极不耐烦，慢吞吞地取了裤子。她伸出手，在裤子上抚摩了一下，又迅即缩回来，飞快地偷望了一眼营业员，随即将双手放到健美裤上，尽情地将整条裤子细细地摸了个遍。突然，她咧开沉默了七年的嘴笑了，露出一口冰雪般的牙齿。她摸出零碎的钱币，小心地摊在柜台上，营业员瞟了瞟她，从一摞零钱里数出九角钱找给她。这是店里最后一条健美裤，蓝色的，虽然她想要黑色的，穿上也有点大，但她已经顾不上这些了。关键是这是一条健美裤，她终于拥有了一条健美裤，这就够了。

这一天是夏秋麦十五岁的生日,她穿上心爱的健美裤,挺着胸,心满意足地走在马泉镇的街道上。

看,来了个女流氓。一个中年妇女惊奇地叫道。

没想到这个哑巴也这么风骚。一个年轻男人的眼睛黏在健美裤包裹的臀部,又停留到腰部以下的三角地带,再也收不回来。

裤裆里那点东西都看得一清二楚,这跟脱了裤子有啥区别?

真是丢人呐!

不过还真是好看哩。

听说健美裤很贵,她哪来那么多钱买?

……

夏秋麦心中充盈着欢喜,臆想中的这些杂音统统被她隔绝开来。她蹦跳着回到家,奶奶一见到她的健美裤,脸色大变,转身去找剪子。她扭头便跑。她像魔怔了一样,健美裤时刻不离身,就连睡觉也要穿着。拥有健美裤的她是快活的,一向被人遗忘的她骤然成了众人眼中的焦点。他们嘲弄她,嫉妒她,也羡慕她。整个镇上穿健美裤的只有她一人。很快,年轻的女人们纷纷跃跃欲试,向自己的丈夫或母亲要求买健美裤,遭到拒绝后,她们以绝食或分房睡来抗争。为此,镇上的男人和女人们都对夏秋麦深恶痛绝,并一致将矛头对准了她。村里的妇女青香一手拿砧板一手拿菜刀,在夏秋麦家门口边剁边骂,骂她不要脸,骂她贱货和婊子,骂她故意穿得风骚想勾引男人……一盆盆恶毒的脏水肆意泼向十五岁的夏秋麦,她将大门拴好,又用桌子抵得死死的,试图将那些腌臜的东西阻隔在门外。门关严了,他们又往她的窗户里吐唾沫、扔砖头,她家唯一的铁锅被一块飞来的大石头砸穿了一个洞。奶奶枯坐在柴房里,面无表情,半响不语。夏秋麦不声不响地进到厨房,用一口土陶甑开始做饭。

夏秋麦不明白老天为什么单单把她变成一个哑巴,而不是聋子和瞎子。她白天穿健美裤,背后总会有一长串指指戳戳;晚上穿健美裤,暗处会飞来一口突如其来的浓痰。一天清早,她打开门,赫然见大门上挂着一只肮脏的破鞋子。

从那以后,夏秋麦只敢深夜出门。她意想不到,那一晚,黑夜向她睁开了一双邪恶的眼睛。

夜黑得像一团浓墨。夏秋麦心事重重地走在下马河边。奶奶说她年纪不小了,该嫁人了,可是谁会要一个哑巴呢？河滩上摇曳着一个长长的影子，她踏着自己的清影，艰难前行。突然，另一道影子同她的影子重叠在一起，又迅速分开。她的心一紧，抑制住想回头的欲念，加快了步履。那道陌生的影子亦步亦趋，她开始狂奔起来，在河滩上留下一道深深浅浅的脚印。不料，她被一棵枯树绊倒了，随即，一个瘦弱的身躯扑了上来……

莫想跑！一张稚气的脸咄咄逼人地问她，你是不是捡到了我的十块四毛钱？

夏秋麦挣扎着坐起，看着眼前的少年，隐约记起他是邻村的祁二木。她又看了看自己毫发无伤的身体，吁了一口气，瘫坐在河滩上。

不等她回答，祁二木又将一张五角纸币举到她面前正色道，我在所有的钱上都做了记号，这五角钱上我画了一个乌龟。

夏秋麦纳闷了，剩余的九角零钱明明装在健美裤里，怎么会跑到他手里去？

其他的钱呢？

夏秋麦从健美裤里摸出四角钱递给他。祁二木接过，又问，怎么才这么一点？

夏秋麦指了指身上的健美裤。

祁二木起初不解，很快明白了。他恼怒地问，你把我买喇叭裤的钱拿去买了健美裤？

夏秋麦点了点头。

祁二木生气地钳住她骨瘦如柴的肩膀，眼里喷出了火。

夏秋麦自知理亏，将头埋到了胸口。她注意到，他的左手食指上有一道疤，那疤像一只眼睛。

祁二木突然抓住她的健美裤说，把我的喇叭裤还给我！

夏秋麦吓愣了，只见祁二木疯狂地拉扯着她的健美裤，她极力挣扎，又踢又打，却奈何不了急红了眼的祁二木。

眼看健美裤即将被剥下来，夏秋麦将赤裸裸地出现在下马河边，河滩上突然出现了第三道影子。这道影子狠狠地踹了祁二木一脚。

2

夏秋麦紧咬着双唇，怒视着麻子爬了半张脸的祁万金，恨不能将他咬碎。

正是这个跛脚男人，在祁二木脱她的健美裤时，一瘸一拐地跳出来，假装救她。待祁二木离开后，他开始动手动脚。她激烈反抗，照着他的跛足死命地踩下去，才得以逃脱。

正是这个麻脸男人，一回到村里就大肆宣扬夏秋麦被祁二木强暴了，导致祁二木被派出所的人带走。没有人会相信祁二木只是想抢她的健美裤，只有她相信，偏偏她不能开口说话。所有的话都被祁万金说了，他的腿跑得慢，嘴却跑得飞快。夏秋麦的丑事从下河乡传到了马泉镇，又传到了方圆几百里内所有人的耳中，传到了田间地头。茶余饭后，有好事者特地绕道去看她，看她是不是长得像狐狸精。男人和女人用不可名状的眼神，意味深长地从她的胸前打量到臀后，似乎想从她身体里挖出点什么秘密。

正是那个麻脸的跛脚男人，第二天就带了一包白糖和一斤猪肉到夏秋麦家提亲。夏秋麦不住地摇头，乞求奶奶不要将自己送入这只恶狼口中。奶奶握着夏秋麦的手，老泪纵横地说，认命吧……奶奶进到厨房，坐在土灶前，火光映红了她的脸。夏秋麦将白糖和猪肉扔到祁万金身上，那块晦暗的猪肉从祁万金头上耷拉到他黝黑

孤　鸿　165

的脸上，竟十分搭调，活像一张肿胀的猪脸。夏秋麦看到这一幕，吃吃地笑了，笑得祁万金发怵。他讨了个没趣，捡起散落的白糖，又将手指放到嘴里舔了舔。临走前，他凑近夏秋麦，将舔过白糖的舌头在她面颊上舔了一圈，又拍了拍她的臀部，才满意地离开。

夏秋麦踉跄地来到厨房，舀了许多瓢水洗脸，洗出一脸苦涩的泪水。

夏秋麦虽哑，却不傻。她跟着镇上健全的孩子一起读完了小学，成绩始终名列前茅。她想继续念初中，奶奶却拿不出钱来供她念书。

她恨这个麻脸的跛脚男人，她怀疑他居心叵测，一直预谋奸污她。她深夜外出时，总感觉有一道暗影缠绕着自己。

成亲的头一晚，夏秋麦穿过荒凉的站台，来到下马河边。她站在湍急的河流里，浑浊的河水一遍遍冲刷着她的健美裤。她一步步向河中央走去。一条灰狗在河滩上狂吠着，夏秋麦转过身，同那条瘦骨嶙峋的老狗四目相对。它瘸了一条腿，她是个哑巴，他们都是被遗弃和被遗忘的。夏秋麦在水里倒退着，每退一步，灰狗都会呜咽一声，这叫声令夏秋麦感到温暖。这世间留恋她的，竟是一条跛足的狗。明天,她将被一个龌龊的男人糟蹋,而她容不得身上有半只虱子。

一根光滑的树枝漂到了她身边,她截住树枝,在水面划起了道道涟漪,那些涟漪在月光下舞蹈。她眼前浮现出祁二木那张惊恐的脸,祁万金那张淫笑的脸也跳了出来,龇牙咧嘴的,随时准备将舌头伸向她。她望着下马河上空的流云,凄惶地笑着,缓缓将健美裤褪到大腿边,闭上眼……

一股殷红的血浮上水面,又顺水漂走。她立在痛楚的下马河里,目送着她溺死在下马河里的青春渐行渐远。这一天之后的夏秋麦,将不再做一个沉默的哑巴。

3

空荡荡的火车站,一趟趟列车呼啸而过。当最后一趟列车驶过时,夜幕便开始降临,黑夜用黑暗缝了一把刀子。

夏秋麦扯下红盖头,从红嫁衣内取出一把刀,寒光一闪。这把刀是她出嫁前夜奶奶亲手交给她的。夏秋麦万万没料到,捡了一辈子垃圾的奶奶竟藏了这样一件宝贝。这把刀有三个锋利的刀刃，扭曲成一个尖锐的刀头；刀柄由和田玉、大红酸枝木、猛犸象牙和银板构成；刀鞘是白铜质地，鞘首是椭圆形，比鞘体稍宽，看似一块盾牌，鞘身正面雕龙反面画凤，龙凤呈祥，龙与凤之间镶嵌着几枚绿松石。夏秋麦一见到它便爱不释手，这是她从奶奶家带来的两件嫁妆之一。她为这把刀取名为"孤鸿"。

另一件嫁妆是一只缺了口的瓷碗。这只碗陪伴她近八年，是母亲留给她的唯一纪念。她将碗倒扣着，取出孤鸿，开始在碗底磨刀。嗞，嗞，呲，嘶……

祁万金龟缩在门边，试探着推门，又畏葸不前。夏秋麦兀自磨着刀，刺耳的声响吓跑了门外槐树上的几只乌鸦，它们发出凄厉的叫声。

两支红烛被孤鸿削成了四截，磨砺过的锋刀横在夏秋麦身旁的枕头上。床中央，躺着一个豁口的瓷碗，碗中盛了清水。夏秋麦放心地睡去。深夜，夏秋麦忽然感觉呼吸困难，她下意识地去摸手边的孤鸿，却摸到一个毛茸茸的人头。那只碗没了踪影，床铺也是干的。祁万金压到了她身上，将臭烘烘的嘴拱了上来。夏秋麦四处摸索那把刀，但只是徒劳。祁万金虽瘸了一条腿，双手却孔武有力，他钳制住拼命抵抗的夏秋麦，费力地扒下她的健美裤。健美裤扒到膝盖处时，夏秋麦无力地放弃了抵抗，像一具尸体一般，直挺挺地躺着，任由他摆布。他的坚硬靠近她时，猝然疲软了，无力地耷拉着。祁万金沮丧地从她身上爬下来。夏秋麦笑了，起初是嗤笑，继而是轻轻的冷笑，又转成幸福的狂笑，笑得浑身颤抖，笑得眼泪濡湿了枕头。那笑声自身体深处发出来，刺破了寂静而惨白的夜空。

祁万金跟跟跄跄地走了出去。夏秋麦起身，进到厨房，倒了一盆温水，一遍遍擦拭身体。她狠狠地揉搓着被那个无能的男人触碰的每一寸肌肤，搓得又红又痛。正准备穿上健美裤时，祁万金撞开了门。他夺过她的健美裤，操起一把剪刀，泄愤般疯狂剪了起来。健美裤变成了一块块碎布条，一阵大风吹来，碎布条飞得七零八落。夏秋麦穿着一条花裤衩，静静地看着，等他剪完，她走到他面前，抓起他唯一的酒杯掷在地上，酒杯碎成了几瓣。不等祁万金反应过来，她就不声不响地走进卧室。祁万金青筋暴起，跟了进来，将未剪完的健美裤摔到她身上。夏秋麦的身体一抖，仍平静地将床铺抻得平平整整，又背对着祁万金躺下。祁万金忍受不了她的漠

孤 鸿

视，粗鲁地拉起她。她用冷冷的眼神回应他，那眼里结着寒冰。

祁万金的耳光扇到了她倔强的脸上，拳头挥到了她直挺的背部，瘸腿踢到了她穿过健美裤的臀部。他痛得龇牙咧嘴，又换了一条好腿，将所有的愤怒倾泻到她身上。聒噪的夜骤然安静了下来，祁万金的怒气倏忽熄了火。他的一条瘸腿停在了半空，一双小眼睛惊恐地瞪着：一把闪着幽光的孤鸿抵到了他裆部。

夏秋麦脸上带着胜利的微笑。

每次被祁万金蹂躏，夏秋麦都会将自己冲洗许多遍。清洁干净后，她就开始磨刀。好事的邻居们茶余饭后时常议论，那个哑巴女人天天磨刀，一磨就是一晚上。

4

这一夜，注定不平静。

祁万金一条好腿刚迈进门槛，另一条瘸腿却无论如何也迈不动了。一把孤鸿抵在了他的瘸腿上。夏秋麦的眼睛里闪烁着火焰，那火焰能使祁万金化为灰烬。

祁万金骂骂咧咧道："你穿健美裤不就是为了勾引男

人？你是不是希望被哪个小卵蛋强奸？"夏秋麦不语，只回应他一个轻蔑的眼神，便转身，"砰"的一声关上房门。祁万金死命地踹门，准备将这个女人狠狠修理一顿，瘸腿猝然发作了，又痒又痛。他扭曲着脸爬到椅子上，开始喝酒，酒能麻痹他的神经，也能缓解瘸腿的疼痛。大半瓶烧酒下肚，他醉醺醺的，无力再碰夏秋麦，便倒在床上早早睡去。半梦半醒时，祁万金惊觉一个黑影坐在他床头，不声不响地看着他。他以为是梦，揉揉眼睛，见夏秋麦坐在他床头，手里提着一把奇怪的刀，正用诡异的眼神盯着他。祁万金顿时吓得魂飞魄散，当场小便失了禁。不久，他开始出现幻觉，有时是哑巴女人将一把刀架在他脖子上，有时是她砍断了他的瘸腿，有时又切掉了他的命根子。他拼命酗酒，只有醉在酒里，他才能跑赢夏秋麦的利刃。

那天，风似刀子一般，割到脸上和身上，夏秋麦在冷冰冰的床上卧了一夜，隔壁祁万金的房间离奇的悄无声息。夏秋麦有些讶异，却也懒于起身，她独守这难得的清静，睡了个好觉。第二日，她在下马河边见到了那个气若游丝的男人。原来，祁万金喝得烂醉，找不到回家的路。他鬼使神差地来到下马河边，河水结了冰，被

孤 鸿

酒精炙灼的他，抚摸着凉爽的冰，像是抱着一个通体温软的小媳妇。他惬意地抚摸着，一脸笑意地沉沉睡去。清晨，早起的村民发现，他的身体一半在冰面，一半浸在解冻的河水里。两个村民将死狗一样的祁万金拖回了家，拖到夏秋麦面前。夏秋麦面无表情地探了探他的鼻息，又端来一盆热水，泼在他身上。祁万金的身体抽动了一下，吐出几口黄水，夏秋麦将一杯温水灌进他嘴里，他的脸上才渐渐有了血色。

两天后，祁万金彻底苏醒过来，但他的下半身却无法苏醒了，他那根不争气的玩意儿再也没有知觉。他的双腿在冰水中泡得变了形，镇上的医生说要截肢。祁万金得知这个消息后，一夜之间变成了哑巴。自那天起，他拒绝吃东西，每日歪在一把破旧的藤椅上，两眼发直，一心等死。夏秋麦尽心竭力地伺候祁万金，给他喂水、喂食，按摩双腿，他却毫无反应，像个木乃伊，听凭她摆布。他的全身都哑了。一天，夏秋麦给他喂饭时，祁万金直直地盯着她，忽然抬起右手指着她身上的健美裤。夏秋麦不解。他的手始终指着那条健美裤，直到咽气。

夏秋麦穿着健美裤为祁万金送终，她自始至终没流一滴眼泪。镇上所有的男女都指责她铁石心肠，薄情寡义。一个爱管闲事的妇女指着她的鼻子骂她克夫,并朝她身上啐了一口。夏秋麦面不改色地取出一块绣花手绢,将那口痰擦拭干净,又进到幽暗的屋内,将更多的唾沫关在门外。

当天晚上,有村民说,那个哑巴是假哑,她会唱歌,唱了一整夜。

5

夏秋麦一夜之间成了寡妇。她的窗户上陡然出现了许多双眼睛,那些眼睛分分秒秒都在追随着她,从客厅到厨房,从卧室到茅房。有时她感觉门外有一双眼睛窥视着她,她不声不响地迅速打开门,一个男人来不及躲藏,被她当头泼过来的水淋了个稳当。她左手扶着脸盆,右手叉在腰上,笑盈盈地看着男人狼狈的模样。

一次,夏秋麦发现,她晒在外面的健美裤上沾有来历不明的黏稠的液体。她瞬间明白了那是什么,当场呕吐起来。她将那条健美裤不停地洗,洗了十几次仍觉得不干净。她边搓裤子边哭,眼泪将拧干的裤子又打湿了。这是祁万金死后,她第一次落泪。

她将洗得发白的健美裤剪成一截截布条，又用打好的面糊将布条一条条黏在窗户上。屋子变得密不透风，窗外那些眼睛再也占不到她一丝便宜了。

有几只苍蝇习惯叮在她门上、窗边，夏秋麦一听到苍蝇来了，便开始在碗底磨刀，每一下都磨得让人惊心，磨得那些男人胯下一凛。待苍蝇们离开后，她收起孤鸿，露出胜利的微笑。

祁万金走了，夏秋麦头上的虱子也神奇地和他一起走了。夏秋麦开始留起了长辫子。深夜，她拖着齐腰的辫子，来到雾气蒸腾的下马河畔。她褪下健美裤，裸露着身体，缓缓走进冰凉的河水里。她闭上双眼，将自己全然交给河流。河水冲刷着她洁白的身躯。

那一年，健美裤已经不流行了。夏秋麦仍执着地穿健美裤，将一头长发烫成了大波浪，配了蝙蝠衫和呢子大衣，还描了眉，画了眼，神色淡然地上集市买菜、逛街。健美裤耀武扬威地直挺着，将那些男男女女异样的目光甩到身后，又用她十公分的高跟鞋将流言蜚语碾碎。

有时她也会穿一身亲手缝制的旗袍。旗袍在村民们眼中是稀罕物，他们都觉得很美，又觉得大逆不道，露胳膊现腿的，分明是想诱惑男人。而且，哪有女人想穿什么就穿什么的？镇上的女人们嫉妒她的美和她的衣服，拼命想将她拉入她们的行伍，和她们一样穿得大红大绿或者灰不溜秋。夏秋麦偏不，她我行我素地在旗袍和健美裤之间轮换，什么也不顾忌。村民们说，那个哑巴女人是妖精变的，想勾引马泉镇所有的男人。

夏秋麦时常沿着铁轨前行，谁也不知道她要去到哪里。站台废弃了，栏杆锈迹斑斑，再也没有煤车经过了，那只老灰狗也不知去了哪里，偶尔呼啦啦飞过一群麻雀，发出沙哑的叫声。她哼着谁也听不懂的歌，铁轨上的火车同她一起唱歌。

上马山上，漫山遍野的孤独里，她赤着脚，在草地上奔跑，累了，便躺倒在草坪上，沐浴着阳光，心无挂碍地睡一个长长的觉。梦里，没有虱子，没有苍蝇，只有奶奶慈祥的笑。她出嫁的第二年，奶奶便去世了，她孤零零地活在世上，同世界无声地对话，亦对抗。

她爬上门前的那棵老桑树，坐在树上思念奶奶。她幻想着奶奶会变成一条洁白的蚕，破茧而出后飞到她面前。

她长得越来越出挑了，却是一只让人无法近身的刺猬。男人们都只能将眼睛黏在她的背影里，偷扫着她丰满的胸和微翘的臀。后来,那些男人们被家里的婆娘揪着耳朵拖回家。婆娘们冲着夏秋麦的背影吐唾沫,骂她贱货、骚货、婊子。

她从铁轨旁采来不知名的野花,插在祁万金存下来的酒瓶里,满室芬芳。她打着赤脚,散开一头长发,在一个人的房间里自在地跳着舞,跳得香汗淋漓。再也不用伺候那个醉汉了,再也不用心惊胆战了,当年那个十五岁的青涩少女,那个隐忍、屈辱的少女已经死了,死在了自己的孤鸿刀下。如今的她,不必顾忌他人莫名的目光,不必在意恶毒的流言。她在风中恣意地舞着,她就是一阵风。

夏秋麦晚上不再磨刀了,她开始咿咿呀呀地唱歌,谁也听不懂她唱的是什么。歌声里带着欢欣,也含着凄婉。村民们路过时都惋惜地说,那个哑巴女人疯了。

6

门外有轻微的响动,那响声凝滞住,像八年前经过的乌云。夏秋麦起初磨了几下孤鸿,随后又停了下来,她听得出,门外不是苍蝇,而是一只壁虎。她头一次主动为门外的人打开了门。

门一开,夏秋麦见到一张熟悉而又陌生的脸。祁二木。她想起来了,一晃八年过去了,他应该是被放出来了。

祁二木迟迟不敢进门,他呆呆地看着迎接他的那把精致的刀。夏秋麦笑了,露出两颗兔牙。她收起孤鸿,并将他拉进门里,反手关上了大门。

夏秋麦背对着他,准备给他倒水。祁二木痴望着她的背影,她穿着一条紧身的健美裤,浑圆的臀部轻轻地晃着。祁二木忽然冲到她身后,一把抱住她。夏秋麦的身体一颤,任由他抱紧。他紧紧地箍着她,她的呼吸开始急促。她低下头,在他长了眼睛的左手食指上咬了一口。抱着她的手松开了,夏秋麦转过身,立在他面前。

她靠近他,将食指划过他的嘴唇,凉的。她又扳过他的脸,那张脸有些粗糙,喘着粗气。夏秋麦低下头,将同样冰凉的嘴唇贴了上去。那是她的初吻,也是祁二木的初吻。祁万金掳走了她的身体,却夺不走她的吻。祁二木的身体剧烈颤抖着,他听到了牙齿磕碰在一起的声响。他不知道该如何继续,夏秋麦却脱去自己的上衣,并将柔软的手伸进他的衣服里。当她的手接触到他时,他高涨的情欲骤然冷却下来。

他轻轻地推开夏秋麦,将一堆零散的钱一股脑儿地塞到她手里。夏秋麦用惊异的眼神看着他。他嗫嚅着说,对,对不起,对不起……

除了这三个字,他不知道该说什么。夏秋麦读懂了他的心,她又何尝不是对不起他呢!她任由他将钱塞进她的棉袄里。她转过身,用陪伴了她十几年的一只碗给他倒水。他喝下一碗温水后,身体登时暖了许多。

祁二木语无伦次地说,八年前我真的不是想害你,我去砍柴、卸煤,辛辛苦苦攒了买一条喇叭裤的钱,却弄丢了。夏秋麦一怔,用苍白的手揪紧了健美裤。祁二木又说,这八年里,我在牢里吃了不少苦头,也在车间里自己缝制过一条喇叭裤,可是,我始终没有真正穿过一条喇叭裤……

夏秋麦坐在他对面,静静地看着他。他大着胆子回望夏秋麦。夏秋麦开始脱自己的健美裤,又用迷离的眼神注视着他。她的身体在他脑海里出现过千万次,却一次也没有真真正正地看过。她即将褪下健美裤时,他按住她的手,将头靠在她胸口,微微闭上双眼,仿佛回到了母亲的怀抱,又仿佛重返故乡。许久之后,他又蹲下身，抚摸着那条健美裤，将脸贴在上面，一遍遍地亲它，吻它，吮它。他无声地流着泪，身体颤抖得越来越厉害。夏秋麦抚摸他的头，像抚摸一个孩子一般。突然，她现出一个动人的笑，祁二木扬起脸，虔诚地看着她，竟看痴了。那张脸妩媚妖娆，是他平生见过的最美的脸。

祁二木望着天上的白云，它们飘在一起，很快又散开了，像一团灰。他幸福地笑了，身体渐渐软了下去。他终于抵达了故乡。夏秋麦手中的孤鸿跌在了地上。

（原载于《边疆文学》2021年第3期）

那一抹描画的面纱

永远?十五年算是多远?她怎么敢像吐唾沫一样轻易将永远脱口而出,吐到他的故乡里!

"这个世界上有足够多的傻瓜"。

黄天翔认为,他便是其中之一。

六岁那年,他离开家乡黄姚来到省城,一去就是十五年,家乡也便遥远成了故乡。故乡是容易走丢的。人一离开,家就成了一所空荡荡的房子,而他的空房子也已不复存在。从前的家坍塌了,那片空寂的废墟上,飘着邻居家的炊烟。儿时的玩伴变成一家民宿的老板,客气地问他要不要住店。

六岁之前,他留守在黄姚,一年也见不到父母一面。一天,父亲突然将他接进城,住进一套宽敞的房子里。这缘于父亲买彩票中了大奖。

"我不懂的事情实在太多。生活是那样奇特、陌生。我就像一个一辈子坐井观天的人,一下子看见了大海。我喘不过气来,同时又兴致盎然。我不想死,我想活下去。我感到了新的希望。我就像一个顽固的老水手,又升起帆向着未知的大海启航了。我的心渴求着未知的世界。"

一夜暴富的父亲开始花天酒地,母亲成日流连于麻将桌,而他无人过问。突如其来的城市生活像是惊涛骇浪,不容分说砸向他,令他晕头转向。他不愿回那座空城，宁愿躲在学校，他的一口乡音又遭人耻笑。

十五年过去了，他还是那个内心积满干草和鹅卵石的孩子。唯一的变化，是他命里多了一个女孩。

黄天使，什么时候带我回你老家？姚千寻问。

标准的普通话，清脆的声音，如同珍珠纷坠。她一开口，唇齿间仿佛含着冰雪。千寻，千寻万觅，才于万千人中恰好遇到。起初黄天翔不懂，他明明叫天翔，姚千寻为什么叫他"天使"，后来才知道"翔"字在网络用语里竟有不雅的含义。很快，他的愤怒被姚千寻无邪的笑脸所融化。

在姚千寻的一再要求下，他才带她一起回到阔别十五年的故乡。

"在我决意开始这场危险的旅行之时，我还以为你将愿意陪伴我。"

这么多年，他一直渴望被一个小镇留住。他似一个孤独的守望者，守候一个人，牵手古镇，从这头走到那头。

到了。如今车马太快，半天就能抵达故乡。他还来不及酝酿情绪，便被动车裹挟回故乡。早晨的薄雾还未散去，似一层朦胧的面纱，轻覆在两个人的面庞上，又似一场蠢蠢欲动的初恋。穿过干净的田野，迎候他们的是一片宁静的池塘。他勇敢地拉住姚千寻的手，试图与她十指相扣，姚千寻却蹦跳着来到村口的青石板路上。他的手扑了个空。

沿着一条凹凸不平的青石板路，一撇一捺朝西走，低矮的院墙，寂静的院落。他走着走着，便走回了似曾相识的故乡。他渴望降临一场微雨，掩饰他的羞涩与胆怯。

姚千寻似一只轻盈的云雀飞上了带龙桥。那座桥上，他曾和暮归的老牛为伴。他不会告诉她，他从四岁开始放牛。六岁那年，家中的那头母牛产下一头小公牛，那只健壮的牛犊同他一样倔强。老牛的身体笨重，羸弱的他拉不动，便将带着泥的缰绳一圈圈绕在自己身上，拼命将牛拉到山上吃草。回到家时，他的白衬衫上留下一圈圈泥印，被爷爷痛打了一顿。他更不会告诉她，他六岁上一年级时，每天清早将两头牛牵到山上吃草后才赶往学校上课，放了再将它们带回家。一天黄昏，他像往常一样下学，好不容易将牛找到。回家的路上，老牛低头温顺地前行，调皮的小牛左顾右盼，故意同他捉迷藏，又趁他不备，往悬崖边冲去，瞬间跌下万丈深渊。

他深知失去一头牛对这个桑户蓬枢的家庭意味着什么，年幼的他在一块光秃秃的山石上坐了一夜。深夜，山里传来不知名的野兽和鸟儿瘆人的叫声，寒风吹得他直哆嗦。次日清早，他才牵着幸存的老牛一路哭回了家。而当晚，没有人出来找他。他回到家，照旧是一顿痛打。

姚千寻丝毫不理会他的疼痛，兀自在石跳桥上，孩子似的跳跃。

"每当我想到你跟我在一起是愉悦的，每当我从你的眼睛里看到欢乐，我都狂喜不已。我尽力将我的爱维持在不让你厌烦的限度，否则我清楚那个后果我承受不了。我时刻关注你的神色，但凡你的厌烦显现出一点蛛丝马迹，我便改变方式。"

姚千寻在石跳桥上乐此不疲地玩耍，黄天翔的思绪却飘到了久远的十五年前。

那天，他正牵着那头温顺的老牛回家，忽闻带龙桥传来阵阵笑语。他循声望去，只见一男一女两个黄头发的外国人正严丝合缝地拥抱着，四瓣嘴唇像磁铁一样吸到了一起，久久没有松开。黄天翔呆住了。他第一次见到外国人。他那时还不知道这叫接吻。后来，奶奶告诉他，这两个外国人在拍电影，那部电影名叫《面纱》。

足足有大半年,他的梦里时常有两个人在接吻,有时是他和他暗恋的小乔,有时是他和他最讨厌的姚雁子,有时是两个毫无瓜葛的陌生人。

泪别黄姚时,他向老宅冰冷的木门献出了自己的初吻。

到省城几年后,他才看到了这部电影。电影里关于黄姚的场景,他翻来覆去地温习了无数次。他还爱屋及乌,顺带读了十几次毛姆的同名原著。这层厚重的面纱,是他对故乡唯一的牵绊。

电影《面纱》中的台词,他烂熟于心。他习惯将自己分成两部分:一部分活在俗世中,吃饭睡觉上学工作;另一部分蒙着一层面纱,同所有的人保持距离,这个世界里,只有他孤身一人,连同一本轻薄的《面纱》。

他不自觉地将台词运用到现实生活中。"你还是很害羞,不是吗?"是的,他羞于承认自己曾经的农村人身份,从不向任何人提起他家是因为中彩才得以农转非。那个耻辱的烙印,是再多层面纱也无法遮掩住的。

他渴望爱情。"我希望她是个无畏、坦率的人,是个自制的人,不会依赖别人。"因为笨嘴拙舌,他失去了许多次追逐爱情的机会。"如果一个男人无力博得一个女人的爱,那将是他的错,而不是她的。"而他始终无法找到纠正错误的导航路标。

叔本华说,要么庸俗,要么孤独。他宁愿选择孤独,而姚千寻一直站在他的河对岸,两手空空的他始终无法靠近她。

姚千寻的侧颜,像极了他六岁时看到的饰演《面纱》女主人公吉蒂的女演员的脸。面部轮廓棱角分明,蛾眉宛转,明眸皓齿。望着那个比仙人古井第一口井里的水还纯净的女孩,他忽然想像掬起古井里的水一般,捧起她无瑕的脸,再轻轻印上一吻。

"我从来都无法得知,人们是究竟为什么会爱上另一个人。我猜也许我们的心上都有一个缺口,它是个空洞,呼呼地往灵魂里灌着刺骨的寒风。所以我们急切地需要一个正好形状的心来填上它,就算你是太阳一样完美的正圆形。可是我心里的缺口,或许却恰恰是个歪歪扭扭的锯齿形,所以你填不了。"

两人在活了上千年的古榕树下并排休憩后,又来到一家清净的餐厅品尝了他故乡的美食,水粉、豆腐酿、灰水糍,再佐以一碗焦香清苦的油茶。姚千寻吃得称心遂意,发出咯咯的笑声。他喜欢她无邪的笑,那笑声填充了他心上所有的缝隙。

而姚千寻从头至尾都将注意力放在手机上,沿途不停地自拍。踏过青石板路,入眼的是土砖垒成的老房子,黄天翔儿时住的便是这样的房屋。姚千寻撇撇嘴,逃回青石板路,逃进她手机里的桃花源。

姚千寻突然问,你家应该有房子在这里出租吧?

我家的房子早已经塌了。黄天翔直言相告。

啧,碰上了一个穷鬼。姚千寻的话像一只儿时的蜜蜂,狠狠地蜇了他一下。

黄天翔想,如果老宅不塌,父亲和母亲一定会为这套房子争抢得头破血流。

"我知道你的企图、你的理想、你的势力、你的庸俗,然而我爱你。"

面对他的呓语,姚千寻充耳不闻。她憧憬道,你要是个富二代就好了,我就能天天唱歌蹦迪、买衣服买包包了。

"一个男人深深地爱一个女人,并非意味着他就希望下半辈子和她共同度过。"他多希望姚千寻能像从唐诗宋词里走出的女孩,温婉、贤淑,同他一起在姚江上泛舟,共度余生。

下半辈子？开什么玩笑？我有说过要跟你结婚吗？一百年后的事让一百年后的脑袋去想吧。

一百年后的事让一百年后的脑袋去想。这话真像一句哲理。这句话是一根救命稻草，黄天翔牢牢地抓住它，才不至于让姚千寻在他眼中成为一座荒芜的沙丘。

我从前是一个留守儿童，在这座古镇上生活了六年。黄天翔望着远方缥缈的炊烟幽幽地说。

哇，羡慕嫉妒恨呐。这里那么美，你的童年一定过得超级幸福吧？姚千寻面露夸张之色。

一点也不幸福，我甚至好几次想到了死。黄天翔说，"很可怕，不是吗？"

"什么？死？"

这一次，姚千寻终于准确无误地对上了台词。

"是的。和死比较起来，其他东西都变得那么渺小。他几乎没有人样，你看见他时很难让自己相信他曾经活着。很难想象十几年以前他还是一个小男孩，在这山上一边跑一边哭，还时常放风筝。"

哇，在山上放风筝，好浪漫噢。是不是还会骑在牛背上吹笛子？

黄天翔不语。半晌，台词才再次惊扰他："刚开始的时候我相信你会吓一跳,但是等你能够平静地面对它时,你就不会有事了。那是一种不是每个人都能有的经历。"

姚千寻听了他的话,不以为然地说,莫名其妙。

温室里长大的姚千寻不会懂得,他到省城的一年半以后,父母就离婚了。中奖的钱被他们挥霍得所剩无几,父亲干脆彻夜不归,母亲带着他打零工,稍不如意,动辄便打骂他。奶奶得知他父母离异后,气得归了西。几年后,爷爷也追随奶奶而去。他甚至没有来得及见二老最后一面。

"这个世界是一个名副其实的流放地。生活是一个他们情愿背负的十字架,在他们的心里始终希望——不,比希望强烈得多,是向往、期待、渴求最终的死亡将他们引向永恒。"

他默念这段台词。如果那时就读过毛姆的《面纱》,懂得这般深刻的道理,也许他就不会在六岁之后活得小心翼翼,生怕自己像那头冒失的牛犊一般,失足跌下生活这个无底的悬崖。

"他将目光转向了她。她觉得她的眼睛不自主地触到了他的目光。他的眼睛里有种她从未见过的柔情,同时似乎在乞求着什么,就像一条狗被鞭子抽了时眼睛里的东西。这加剧了她的紧张。"

姚千寻虽不婉约，倒也是个极可爱的女子，周身散发着青春、时尚的气息，这正是他缺失的。她是一片飞扬的羽毛，可以飘向世界任何一方。而他将自己活成了一把锈死的老锁，仓皇中他遗失了打开故乡那道门的钥匙。

你会玩王者荣耀吗？姚千寻打断了他的思绪。

什么农药？

儿时，他时常随奶奶一起干农活。奶奶佝偻的背上背负一个盛满农药的药箱，摇动把手就能将农药喷到田里。一次，因为农药渗漏，奶奶晕倒在稻田里。不满六岁的他站在泥淖中大声呼喊着。天下着大雨，冷雨重重地打在他脸上和身上，却无人回应。他想将奶奶背起来，怎奈双肩太稚嫩。他一遍遍摇着奶奶，生怕奶奶从此离他而去。没有了奶奶，他就是一个弃儿。

算了算了，你这个天使，台词满天飞，不去演电影太可惜了。姚千寻啧啧道。

"你会帮上很大的忙。你能鼓励我，也能安慰我。"黄天翔望着田野的方向说。自那天起，他迅速长大了。

姚千寻耸了耸肩。

"我觉得我们已经很熟悉了。"他说道。姚千寻说,你谁呀?你要是王一博,我现在什么都可以为你做。

她从来不管不顾台词和剧情发展。噢,也许,她根本不懂得什么是《面纱》。

王一博是谁?我只知道王尔德和博尔赫斯,还有毛姆。

毛姆?谁是毛姆?是个女的吗?跟毛不易什么关系?跟你又有什么关系?

毛不易是谁?

连毛不易都不知道,你是外星人吗?

"如此卑微而沉寂地爱着你,我不善表达,我更没有虚伪做作,做的永远比想的少。我眼里流露出来的绝不是空洞,除去发自内心的爱意还有对上苍的感谢,我就此去了也绝不会有任何悔恨,仍然是深深的眷恋与不舍。"

又来了!姚千寻不耐烦地做了个暂停的手势,说,我们去泡吧,走!

她拖住黄天翔的手,他为这亲密接触而心颤不已。他木人般地被她拽进一间名为"夜蒲"的酒吧,又木桩似的呆坐着。耳内灌满的嘈杂音乐淹没了整个古镇,生生将他推到了故乡的边缘。不,这不是他朝思暮想的故乡。他愤怒地起身,准备离开。姚千寻拉住他,干吗去?

"对我来说爱情就是一切,你就是我的全部。可它对你来说竟然只是一个小小的插曲,这我怎么受得了?"

你,你有病!

他的脑内倏地跳出一句台词:"这是她说过的最古怪的话了。在这种场合下,对她来说他们之间的谈话无论如何也该到此为止了。她一点也不爱他。"

他义无反顾地离开了"夜蒲",将自己隐匿到夜色中。

姚千寻吼道,黄天使,你走了就永远不要再回来!

他脸上露出了久违的笑。永远?十五年算是多远?她怎么敢像吐唾沫一样轻易将永远脱口而出,吐到他的故乡里!

他蹒跚到姚江边,在江心流放一盏柚子灯。在空心的柚子里插上一炷香和点燃的蜡烛,便是一盏柚子灯。每年的中元节,当第一束烟花在夜空中绽放时,姚江水面鞭炮齐鸣,鼓声喧天,唢呐声声。舞狮队乘着竹筏顺水漂来,狮头后面,由无数盏柚子灯连成一条长长的狮身,头灯上写着"风调雨顺""国泰民安"八个大字。

柚子灯渐渐远去,将古镇抛在了身后。黄天翔走出村子,听村里人熟悉的方言和黄狗的叫声,还有树叶的沙沙声。故乡像一阵风刮过去,又突然停驻。他望着一个孩子牵着暮归的老牛,莫名地流着泪。

待黄天翔再返回酒吧时,姚千寻和一个染着灰发的男人勾肩搭背,笑得前仰后合。她脱下了外衣,里面只剩露脐装和短得不能再短的牛仔热裤。她还故意当着他的面亲了男人一口。黄天翔的心轰地一碎,那层厚厚的面纱,仿佛被什么东西狠狠地划破了。

故乡像一层描画的面纱,还未来得及掀开,就被一阵风吹走了。正如毛姆的小说《面纱》扉页写道的那样,那描画的面纱,芸芸众生称之为——生活。

"或许他做过的所有错事蠢事,所有他经受的磨难,并不全是毫无意义的——那将是一条通往安宁的路。"他想。

(原载于《民族文学》2021年第10期)

一剪酸梅

这二十年里，我好像一直在做饭、洗碗、洗衣、育儿，拼命活着。我从一个人活成了两个人，甚至七八个人，而他始终保持自我。

无论如何，我今天一定要看到牛头埂的梅花。就在今天。超过今晚十二点都不作数。迟一天也不行。明天牛头埂的梅花不会变成枯枝败叶，但我今天一定要抵达牛头埂。没错，我就是一根筋一头犟牛——有一件事，我今晚一定要得到确切的答案。

我在某订票软件上查到，通往牛头埂的高铁和动车末班车已经停止售票了，长途汽车也已停运。就此作罢？绝无可能。只能打出租了。搜索了某地图，车程两个小时，到达牛头埂时，天早已漆黑。我担心的不是天黑看不到梅花，而是余生再也看不到梅花了。脑海里瞬间跳出好几例女乘客被害事件：2016年，深圳一名24岁的女教师搭乘顺风车后永久失联；2018年5月，郑州21岁的空姐乘坐网约车遇害；去年12月，湖北黄梅一女子乘黑车途中遭遇不测……还去吗？当然要去。有些念头一旦萌芽，便如一株毒草，牢牢地盘踞于大脑和身体，并且迅速生根发芽，像病毒一样扩散到每一个细胞里。没有什么能阻挡我今晚去牛头埂看梅花。

我在"嗒嗒"网约车平台上预约汽车。出租车需250元，这远远超出了我的预算。而拼车的，价格仅为出租车的二分之一。我果断下了拼车订单，刚点下"确认"键，不等我回过神来，就有司机接单了。细看，才发现鬼使神差地将"牛头埂"误输入为"牛头湾"，一字之差，千里之别。无奈只得取消订单，重新下单。迟迟无人接单。半小时过去了，墙上的挂钟指向了下午6点。

再等一刻钟，若再无人接单，我就咬牙打出租车，谁不是一而再再而三的二百五？6点14分，手机"叮"的一声，仿佛一根锐利的钉子扎在我脚上。有人接单了。我立即拨通了司机的电话。一个沙哑的男声传来，声音里透着疲惫。确定他可以如期送我至牛头埂，我便挂断了电话。听声音，司机应该不超过40岁。

我男人也还没到40岁。他已经有两天外出未归了。出差？糊弄鬼呢。自从发现蛛丝马迹后，我牺牲了一个名牌包包，收买了他单位的一个同事做内线。他的事，我心里门儿清，就只差戳破这层窗户纸了。当墙和窗互换了位置，房子也就不再坚固如初了。

窗外的那个女人叫梅。

自从一个月前在他忘了关机的电脑上意外地发现他和那个梅令人耳热心跳的聊天记录后，我的房子就随时面临着坍塌的风险。我绝不是个思想开放的人，我不能忍受自己和他各玩各的。他背着我胡来意味着背叛，我永生永世也不会原谅他。一旦坐实他的背叛，我会拿家中所有的刀砍他，绝不手软，毫不留情。

他自以为聪明，却处处留下斑斑痕迹。微信经常给一个女人点赞，深更半夜在卫生间里嘀嘀咕咕，一向不吃辣的他，一次一起在外吃饭时，竟点了一道青椒肉丝。如今的我看他，就像警察看小偷，监考老师瞅考生。不是他藏得好，而是我懒得点破。是哪个哲学家说的，男人偷腥时的智商仅次于爱因斯坦，女人捉奸时的推理仅次于福尔摩斯。

我虽然很笨，但偶尔也会聪明一次。聪明也是有代价的。面对我的质问，他自然百般抵赖，死不承认。这个人还发了毒誓。我心一软，选择了原谅。这一个月，他每天下班后早早回家，殷勤地主动做饭、洗衣，陪我散步、看电影。偶尔我也会被他感动，但那种死心塌地的感觉，不复存在了。他越了雷池，我电闪雷鸣，永无宁日。

那个梅像一根刺，时刻戳痛我的每一根神经。这颗怀疑的种子已经埋了一个月，是时候让它破土了。

6点25分，一辆黑漆漆的汽车来了。我扫了司机一眼，他面色阴沉，一言不发。我犹豫地坐进后排右侧，先扣上安全带，随后紧紧地捂着贴身的挎包。尽管包内仅有一把钥匙、一个充电器和两个充电宝，但抱着它，就好像抱着一个价值连城的保险柜。

我坐定后，司机说，后面有水。我循声望去，见车门上有一瓶娃哈哈矿泉水。我不渴，或者说顾不上渴。我胡乱地想一些心事，但什么也没想明白。

这一个月他神秘兮兮、神神道道的，他的每一句话和每一个表情都极为可疑。他努力解释和推脱什么，但欲盖弥彰。他多半时候守在家里，吃喝拉撒睡，偶尔也同我拉扯两句家常，但更多的时候是沉默，好像同我多说两句话就会烫伤他。他像一团乌云，在我的上空晃晃悠悠，不时还要下一场雷阵雨，又试图用沙尘暴和泥石流迷惑我的眼和心。他在家时我想赶走这只乌鸦，不在时我又疑心他栖息在莺莺燕燕的巢穴里。一想到他，漫无边际的寂寞便会将我吞没。

原来，寂寞有时是雪白的，有时是漆黑的。

漆黑的围城里，不过是两个人拼团过日子，一旦散伙，许多优惠与实惠便咣当一声，滚远了。

车轮在座下快速滚动。我忽然想起什么，便问司机，这不是拼车订单吗，怎么只有我一个人？司机说，没有拼到其他人。

　　黑灯瞎火，孤男寡女。我的心狂跳着。可网上也说了，曾有女性搭乘拼车，被司机和另一个乘客合伙谋害了。我恨自己为什么舍不得坐250元的出租车，可出租车就一定安全吗？哪辆车上都有安全带，但哪辆车都不能保证百分之百安全。

　　我在打车软件后台迅速查了司机的车牌号，他姓韦，仅跑了134单。我将他的信息截图，发给远在武汉的姐姐。姐姐是外科医生，多半时候在手术台前。除了她，我想不到还能发给谁。绝不能发给年迈的父母，他们一担忧，我更烦乱。尤其是母亲，总担心已快40岁的我在异地会将自己饿死。照顾好自己，不让父母担心，就是最好的孝顺。也没有男人可发，户口簿上的男人也许正在陪别的女人赏梅。

　　倒霉的是，活了半辈子，我竟找不到可以依赖的紧急联系人，除了110。

　　百无聊赖。我想同司机搭讪，见他凶神恶煞的模样，又胆怯了。我向来不是轻浮的女人，在单位同男同事说话也要瞻前顾后，生怕给人落了话柄。丈夫是我的初恋，

一剪酸梅

我上了他的船,用一只残破的桨一划就是20年,双手划累了,却无法停歇,无处安顿。我婚内也曾迷恋过另一个男人,又亲手掐断了那一息爱的火苗,回到自己的独木舟上,顾影自怜。而丈夫却搂着别的女人赏梅。

司机主动开腔了,去看梅花吗?

是啊。

一个人?

我立刻警觉起来,不,我老公已经先到了,我要上班,所以一下班就赶过去跟他会合。

半晌无话。为了打破尴尬,我没话找话。这么远的订单,没想到你能接呢。

我也是想来看梅花。以前经过那里好多次,一次也没进去看过。

噢。

就此冷场。我真不是个会说话的女人。我羡慕那些女人,见风使舵,左右逢源。而我笨嘴拙舌的,好话说成坏话,净干些吃力不讨好的事。也许正是这个原因,才让我的男人去跟其他女人赏梅的吧。我真笨。

跟他在一起的20年,我越变越笨。这20年里,我好像一直在做饭、洗碗、洗衣、育儿,拼命活着。我从一个人活成了两个人，甚至七八个人，而他始终保持自我。自我的近义词是自私。一个月前，我觉醒了，我开始反抗了，不再任劳任怨地当老妈子。地板脏了、垃圾桶满了我也视而不见，他看不过眼嘟哝几句后，也会挥舞几下扫帚；我任由他的内裤和臭袜子发酸、发酵，没有换洗的他会自觉地或洗或买；他打鼾时我再也不会黯然数羊，而是将他推醒，口无遮拦地抱怨，打击他；他偶尔想要交欢，不，我不伺候大爷您了，我困了累了，只想独眠。唯独放不下的是孩子。儿子是我最大的软肋。我男人也从头至尾都清楚我的软肋。

喝口水吧。司机回头看了看我。

我没有接他的话。我一点儿也不想喝。两个小时的车程，喝了水就会新陈代谢，这荒郊野外的，找厕所绝非易事。服务区有厕所，但谁也不知道服务区还有多远，我不想停留半秒钟，只想尽快赶到牛头埂。司机回头的一刹那，他的脸清晰地暴露在我面前。那张脸的主人看上去年近五十，苍白，憔悴，睡眠严重不足。他的口音不像是本地人，也许是中原地区的。他穿着一件美国户外品牌的运动服，质地不错。

师傅是哪儿人？

本地的。

我有些意外,想多问,又打住了。他是谁打哪儿来往哪儿去同我又有啥关系?我半点都不关心。我只关心我的男人今晚是不是跟其他女人一起赏梅。

司机掏出一支烟,刚准备点上,我干咳了一声。他立即意会,将烟收了起来。不一会儿,他的电话铃声响起,是网络流行歌曲《两只蝴蝶》。我的男人和外面招引来的蝴蝶也许正在牛头埂赏梅,我衷心祝愿这对梁祝双双化蝶成仙。

那一个月里,他变得喜怒无常,前一秒钟还嬉皮笑脸的,后一秒钟却狂风大作,山崩海啸。他过得不好,我自然也没有好日子过。我一吃饭就想到他俩一起亲亲热热的场景,你喂我一勺,我咬你一口,一睡觉就想到他俩热火朝天地滚在一起,一上班就开始猜测他俩是不是在一起鬼混,一睁眼看到身边这个人便火冒三丈,想揍得他讨饶。我唯一一次家暴他,还是在梦里。那晚,我梦到他跟女人,而且是跟两个女人错乱颠倒。我愤怒地扇他耳光,还抓起手边的一个东西狠狠地向他掷过去。耳畔"啪"的一响,我瞬间清醒了,方才意识到,我抓住的是他的手,甩到了床边的墙上。他痛醒了,龇牙咧嘴，我快活得笑出了眼泪。

我想给他打个电话，又不知道说什么。这个人一天都没有联系我。不是他已死就是我快死了。

司机正高声打电话，没有开免提，但电话漏音严重，这令我很反感。我牢牢地抱紧自己的挎包，准备以假寐来将自己同他和他的电话隔绝开来。刚闭上眼，突然听到他吼道，欠债还钱，天经地义！瞌睡倏地吓醒了。他吼了几句，又嚎了一句国骂后，才挂断了电话。我紧张地盯着他的侧脸。他回头扫了我一眼，解释道，我除了开网约车，还做贷款。

小额贷款？

不，低于100万元的我不做。

这是炫耀还是虚张声势？我还是弄不明白他做的是哪类贷款，随即联想到放高利贷和讨债公司，还有黑社会。他的职业同他的形象很快就画上了一个清晰的等号。我再也不敢睡了，捂紧我的包，紧张地偷瞄他的车，一旦他有什么异常举动，我立即跳车。万一他锁了车门怎么办？砸窗？我砸不动。大叫？我的嗓子干得可以喷火。我突然看到左侧座位的地上放着一个蓝色的袋子，里面鼓鼓囊囊的。莫非是作案工具？刀，绳子，砖头，榔头？顿时惊出了一身冷汗。

我暗自庆幸自己刚才没有一时头脑简单,盲目地喝水。这个矿泉水瓶的确没有开封,但谁能保证它没有被注射器的针头动过?我如坐针毡。

有需要贷款可以找我。

哦,谢谢。

我无心搭理他,满脑子乱哄哄的。忽然发现此生还有许多事情未完成。一直想带母亲去欧洲游玩,因为新冠肺炎疫情未能如愿。我还想攻读博士学位,读书才能让我感觉自己还活着,才不至于被生活熬成黄脸婆。我曾同母亲及闺密提及那个梅,可所有的人都站在他那边。母亲说,一旦离了你就是二手货了,你不要脸我还要脸呢。我不解,离个婚怎么就把脸离没了呢。闺密说,离了下一个也不一定比现在的更好。可是不离,我也并没有变得更好。我没有办法再面对母亲和闺密,接受他人怜悯的想法令我怒火中烧。儿子也一天天叛逆,嫌我不修边幅,嫌我做的饭不好吃。我和他爸吵架时,他也从不帮我,只像头蜗牛一样,躲进自己房内,除了吃饭和上厕所,大门不出。我被自己一手养大的儿子抛弃了。我被他们抛弃了。我极度内疚,极度孤独。不知从何时起，我已经跌至谷底。我感觉自己快抑郁了，每过一天，我的黑暗就更深一圈。我的男人，求求你回来吧，从此没有争吵，没有背叛，没有失望，我们重新回到往昔的美好时光，好像什么都没有发生过。

我闭上眼，准备喝下一大口水，等待宰割。可那个梅突然杀出来，让我的心犹豫着。这个梅还没确定呢，我怎么能早退呢？我怎么能死在陌生的城市，死在陌生人手上？我紧紧地抓着手机，随时准备拨打110。我对着手机说，我已经在路上了，大概8点半到。我说话时很大声，只有司机能听到。我根本没有解锁手机屏幕，手机那端没有任何人听得到。

为了减轻恐惧，我还在车上放起了音乐。是凄婉的古筝乐，什么《葬花吟》《汉宫秋月》《梁祝》等。我男人曾抱怨道，净是些靡靡之音，听了想睡觉。可他在家只顾一个人睡，把我一个正常女人晾在一旁，我当然要听哀怨的音乐来共鸣一下。

这期期艾艾的共鸣，令我心头一颤，眼角有什么东西悄然滑落。

可以连车上的蓝牙。司机说。

我抹了一把眼角，应了一声，便开始装模作样地摆

一剪酸梅

弄手机。

连不上呢。

司机没有应声。

当然不可能连上。一旦连接他的蓝牙，我银行卡里的钱应该就易主了。我暗想。

喝口水吧。他回头望向车门上的那瓶水。

我不渴。说话时，我的嗓子干得快冒烟了。我有十多年的慢性咽炎，每隔十多分钟就得喝一次水。我包里带了一个杯子，偏偏出门时忘了灌水。我最近经常丢三落四，忘七忘八，我离更年期和帕金森病也不远了。

这些梅花开得真好啊。为什么一路长的都是酸梅呢？司机问我，又好像是在自问。

我也不知道答案。百度上关于酸梅的解释仅有几行字。

别名：梅、青竹梅、酸梅。性状：蔷薇科樱桃属梅。多为栽培，栽后6至7年的五六月间果青黄色时采收。性味：酸、涩、温。功效：有敛肺理肠、生津止渴、驱蛔虫、止痢的功用。主治：肺虚久咳、口干烦渴、胆道蛔虫、胆囊炎、细菌性痢疾、月经过多、癌瘤等。外用治疮疡久不收口、鸡眼等症。

好几年前，闺密送我一瓶泡好的酸梅酒，出于好奇，我尝了一颗酒里的酸梅,牙痛了三天三夜。这一个月里,我的日子每一天都是酸的,涩的。这颗酸梅死死地酸进了我的生活,我往后的日子里。

天微暗,依稀能看清路旁的景致。沿途有许多棵树开着白的梅花,泛着青色。白的花瓣伸展着,花蕊张扬地吐到花瓣之外,未开放的花苞呈暗红色,像滴滴残血。有些枝杈上的花已半谢了,生出了绿叶,绿叶下冒出大大小小的青梅。再美的梅花,终究是惨白的;再香的梅子,终究是酸涩的。那个女人叫梅,此刻也许正同我的男人在牛头埂勾肩搭背地赏梅。

一旦坐实他出轨,离吗?离了以后怎么办呢?孩子归谁?我一个单亲母亲,既要工作又要带娃,能应付得来吗?以后还有再嫁的可能吗?孩子会不会因此而抑郁,以后娶亲会不会被亲家瞧不起?

母亲这个身份让我强大,也让我渺小。一旦离了,母亲的光环从此以后不仅更亮,也更沉了。

大姐,有心事?司机扭头问。

叫我大姐?我真的已经老透了吗?可叫啥更合适呢?叫小姐我会骂人;叫女士或太太太矫情,都是俗人,谁也不比谁高雅多少;叫美女又太过轻佻,耄耋老太也

一剪酸梅　211

叫美女。我已经老丑到无人问津了，难怪我男人会同其他的女人去赏梅。我木呆地望着窗外，懒于回答他。或许，尊称我一声"大姐"，他对我就能多一分敬畏，我的安全系数也能增一分？

　　道路两旁的梅花开得热闹，一路伸展双臂欢迎两个各怀心事的人，我们却无法回报笑颜。我索性放下心事，尽情地赏梅。没有我男人陪，我也不能失了赏梅的心境。

　　我爱花成痴，曾在家中目光所及之处都养了各式鲜花。清晨一睁开眼，床头几支白的黄的粉的绿的洋牡丹欢跳着问候"早上好"。来到客厅，一束清新淡雅的洋甘菊提醒我新的一天到来了。阳台上，郁金香、藿香蓟、龙柳、晚香玉等花兀自绽开着，幽香沁心。读书时，一枝尤加利叶不由分说地探到你面前。甚至连用餐时，一朵小雏菊都会随风不经意地坠在桌上，令你会心一笑，食欲顿增。可他不。他觉得所有的花草对他都是一种打扰，百合太香，风信子太浓，郁金香太艳，就连与世无争的风铃草也成了他的仇敌。他还振振有词，说家里花草太多容易影响风水。为此，他偷偷地扔掉了我许多花草、花盆和花瓶，以为我全然不知。但实际上，对于我钟爱的花儿，我比对他的身体还熟悉。出于报复，也出于对我的花花草草的尊重，我在二手交易平台卖掉了他独宠的几张邮票，还将他从贺兰山捡回的几块奇石投进了腌菜缸。对于对方的恶劣行径，彼此都怒而不言，因为言必争执，争必冷战。这层窗户纸未捅破，谁也不会主动提离婚。我们这近20年来积攒下来的怨愤，比腌菜缸里的垢苔还深重。当我鼓起勇气向他伸出手来，他却不见了。他也许正拥着那个叫梅的女人在牛头埂赏梅。

牛头埂越来越近了，地图显示还有十几公里。我心里不住地呐喊着，希望汽车快一点，再快一点，早点到达目的地。

汽车像头蜗牛，慢悠悠地爬行。爬到后来，突然抛锚。

怎么回事？我慌忙问。

车坏了，我得检修一下。

司机下了车。我思忖着要不要也下车。如果我下车了他会不会把我扔到荒山野岭自己溜走，还有十多公里，我该怎么到牛头埂？等我一身泥泞地走到牛头埂，只怕那对狼狈早已逃脱了。如果不下车，他会对我做什么？汽车是不是根本就没坏？莫非他在拖延时间，稍后会来一个同伙，然后两个人一起劫财劫色？我银行户头仅有不到 10000 元的存款,而我本人也只剩一把老骨头。

我的生命会不会就走到这里了?一旦我离开,我男人和他的家人会怎么看我?我的亲人会不会痛不欲生?朋友、同事们依旧会欢欣歌唱吧?明天,各网站和微信公众号上就会出现大篇幅的报道和图片:某中年妇女命丧网约车。随后会引发一系列的舆论和反思,女权主义者也会站出来声讨,我的家庭和工作单位很快会被曝光,我将从一个寂寂无名的人一夜之间摇身成为大众关注的焦点。

我还是很怕,越来越怕。我忍不住给他打了一个电话,电话响了十几声,仍旧无人接听。他们在酒店洗澡,还是在床上难解难分?抑或是怀孕了正在医院打胎?我坚持不懈地打,他坚持不懈地谢绝接听。第五次再打时,电话关机了。可我,我就是在牛头埂掘地三尺,也要把他们刨出来。一想到他和他们,我反倒不那么怕司机了。

我咣当下了车。一株梅花树诱惑着我,我来到它跟前,闭上眼,轻嗅着它馥郁的香气,陶醉其间。我忽然感觉到了异样,猛地一转身,见司机正站在我身后,手中拎着一个扳手。我慌乱地后退几步,喝道,你想干什么!

司机的脸一抽搐,尔后又笑了。他吸了一口烟说,别怕，我也是来看梅花的。

我狐疑地看着他。

这么好看的梅花，为什么叫酸梅呢？司机问。

是啊，为什么会这么酸呢？我自言自语道。

修好了，上车吧。司机说。

我犹豫着。司机三两步走到那棵梅树前，摘下一颗酸梅，放进口里，嚼了几下，又狠狠地吐了出来。见状，我也壮着胆折下一枝梅花，返回到车上。

司机重重地拍了两下巴掌，随后上了车，他用湿纸巾仔仔细细地将手擦得干干净净。我注意到，他的手指白皙而修长。

我看着自己日渐消瘦的手，不知要不要用这双手亲自捉奸。万一他们不在，下一步我又该去哪儿搜寻他呢？万一他们在牛头埂赏梅，我又该如何自处？另一个声音在体内咆哮着，回去吧，回去吧！太执拗只会伤了自己，哪一头牛不是遭看客和斗牛士哂笑的对象，被一块红布引诱出红眼、亢奋和癫狂？回去，遗忘，就当什么事都没发生，从此天下太平，岁月静好。

可是，回得去吗？我看了看韦司机，他打开了天窗，正一手握方向盘，一手夹着一支烟，烟圈在汽车上空

一剪酸梅

升腾。

终于到了。"牛头埂梅花节欢迎您"几个大字扑面而来。景区门口光秃秃的,仅有一两棵稀稀拉拉的梅花树,开得惨淡。大门前坐着几位"门神",有男有女。穿玫红色风衣的女人一手拿门票,一手握一把西瓜子,边嗑瓜子边同男人们聊天。其中一个男人仅穿一件短袖衫,手臂上文着一条醒目的花里胡哨的长龙。我长舒一口气,忙不迭地下车。

手机"叮"的一声响,又一颗钉子落到我脚上。低头一看,是他的一条短信:开会。

从前他还会写四个字"我在开会",后来精简成"在开会",如今已缩水得快干巴了。这个缩头乌龟。我拔腿想去追他,纵使追到天边。

你的箱子。韦司机远远地喊道。

我恍惚着返回,接过他递来的行李箱,木然地道谢。

临别前,我随口问了一句,你是上这里来找人的吗?

韦司机看了我几秒,低沉地说,我是来找我老婆的,她跟一个男人到这里私奔了。

(原载于《草原》2021 年第 11 期)

何日君再来

招手拦下一辆车,拉开车门,鬼使神差地又见到一个花圈,花圈里的邓丽君笑意盈盈。

第一夜

后半夜回家的人，不外乎三种：酒鬼、色鬼和孤魂野鬼。

我便是那失了魂的鬼。自2018年开始，我每日游荡在黑白交替之际。每夜，我睁着迷离的眼，满身风尘地回到出租屋时，保安看我的眼神意味深长。

那日凌晨两点半，天昏黑，我拖着一副伤病的骨架，拦下一辆红色的出租车。刚一上车，吓了一跳：驾驶台上放着一个小花圈，花圈里贴着一张照片，照片旁用透明胶粘着一枝康乃馨，白色的。

后背开始发凉。紧攥门把手，思忖要不要立即跳车。司机扭头盯着我，他脸上那道深深的刀疤也剜着我。腿一抖，老老实实地坐好。车内寒意袭面。

困极了，刚一打盹，眼前忽然闪过一只鬼，一只独眼鬼，露着獠牙，恐怖而调皮。瞌睡虫惊骇得四散奔逃。我和司机后脑勺上文着的那只鬼，对眼成三。牢牢地握着手机，只等司机一行动，我立即拨打110。

你喜欢邓丽君不？

一句蹩脚的普通话传入耳中。

我四下张望，只见到一只鬼眼，正狰狞地瞪着我，准备从我眼里挖出答案。

你喜欢邓丽君不？

我如梦初醒，方才意识到这声音来自"鬼眼"和花圈的主人，同时也看清了花圈里的人是甜美的邓丽君。司机调转头来，一脸横肉。

我哆嗦着点了点头，司机才转过头去。

你要是不喜欢，现在就给我下去！他恶狠狠地说。

我一身冷汗，暗自庆幸。

邓丽君是我的梦中情人，我每天给她换一枝康乃馨。司机骄傲地说，我开一天车，邓丽君就陪我一天。

我撇了撇嘴，随即又闭嘴。不等我置疑，司机就打开了车载音响。

"小城故事多，充满喜和乐……"

邓丽君的歌声中间或传来沙沙的摩擦音。细看，那音响竟由一台老式录音机改造而成！

司机向我炫耀，这车里有几百盘磁带，都是邓丽君的。他边说边放开方向盘，打开一个储物箱，将一盒盒磁带扒拉得噼啪作响。

我哭笑不得。我忒稀罕邓丽君，但我不爱大半夜见到一个花圈、一只鬼眼,还有一个莫名其妙的司机。我只想安全地回家,美美地睡一个不失眠的觉。司机饶有兴致地同我聊着,我百无聊赖地敷衍着,他的每一个问题都同邓丽君有关,所幸我都蒙混过关了。

邓丽君从《小城故事》唱到《春风满小城》,从《多情的玫瑰》唱到《路边的野花不要采》,从《独上西楼》唱到《恰似你的温柔》。唱完《我怎能离开你》后,离家只有四百米,司机特地绕了一公里左右的路,为的是让我听完《何日君再来》。

司机大哥沉浸在邓丽君的温柔中,缓缓将车停在了小区门口。我疲惫地下车,将邓丽君抛进夜色中,又将自己扔到床上,邓丽君不离不弃地来到我枕边,甜甜地唱了几曲。她一离开,我才想起,刚才忘了付车费。

第二夜

次日,凌晨三点下班。招手拦下一辆车,拉开车门,鬼使神差地又见到一个花圈,花圈里的邓丽君笑意盈盈。笑脸旁,是一枝黄色康乃馨。

可把你等到了。"鬼眼"师傅狡黠一笑。

不好意思,昨晚忘了付车费。我暗自叫苦。

"鬼眼"拉开车门,做了一个绅士的"请"。

上车可以,但先得约法三章。我拿大眼瞪着他说。

啥?

第一,开车的时候两手不能离开方向盘。第二,不能放邓丽君的歌。

"鬼眼"想了两秒钟,说,成。那第三呢?

第三嘛,还没想好。那啥,约法不都是三章嘛,少一样哪行?

"鬼眼"高声道,上车!

我坐到了车后座。北方人?"鬼眼"回头问。

我点头,又摇头。成日在网络上虚虚实实的,现实生活中谁又敢活得太真实?

"鬼眼"又问,天天这么晚下班?

我懒于理会他。我蜷在座椅上,头倚着车窗,一幢幢高楼在夜风中的长安街旁后退,又被车窗切割成碎片。那些碎片闪出灼灼的光,随时会将我吞没。我打开窗,干呕了几下。"鬼眼"问,要不要停车?我摆了摆手。

胃里一阵翻江倒海,我忙将头伸向窗外。司机将车停到路边,我还没来得及下车,一大口秽物便从胃里冲出，喷射到车上。我跌跌撞撞地下车，蹲到路边的花坛旁，一注注液体倾泻而出。我扶住一根电线杆，才勉强支撑住身体。

司机递过来一瓶矿泉水，我接过，又递去两张百元钞票。

到了楼下，我打开车门，摇摇晃晃地下车，无力关车门。司机下车将门关严。没走几步，就被他喊住了。小姐，你的手机。我感激地谢过，又从手包里抽出三百元塞给他，他坚决不收。我的眼泪忽地就涌了出来。他慌了，咋了，小姐？

别叫我小姐，俺们那旮旯叫"老妹"。我哽咽着说。

老妹，你没事吧？

大哥，反正现在回家也睡不着，你陪我吃点东西吧，我想找个人说说话。我乞求道。

他犹豫着。

大哥放心，你耽误的生意我会找补给你。

整条街上只有一个简易的小吃摊。我一碗米酒汤圆他一碗炒河粉，配上两瓶啤酒。

大哥，整点儿酒不？

司机笑了笑，说，喝了酒我的饭碗就没了。我凄然。

何日君再来

酒，正是我的饭碗。我现在花钱请人喝酒的钱，都是我陪别人喝酒赚来的。

我举起啤酒说，大哥，干杯！

司机一气喝下大半瓶后，神色复杂地看着我说，我看你像个好人，怎么会出来干这个？

干哪个？大哥不会以为我是那啥吧？我狠拍他的肩，又踹了他一脚，他连声惨叫。

大哥，可以抽烟不？言语间，我已经从小手包内取出了一支烟。

抽吧，女人抽烟帅气得很。对了，我叫宋强，你呢？

我装作没听见，边开打火机边问，大哥，你打哪儿来？

南方。一年也回不了一次家。你呢，过年回去不？司机看了我一眼，那目光像温柔的抚摸，这抚摸鼓舞了我。

回去？咋回得去呢？我猛吸了一口烟。一支烟使我放下了所有的矜持。

因高考失利，我只考取了一所普通大专，毕业后进了一家私企当出纳，领不咸不淡的薪水。一年半前，母亲生了重病，我不得不兼职做网络女主播，俗称"网红"。其实不红不黑的，但薪水较从前翻了许多倍，也勉强够应付母亲的医药费。

夜色混沌，亮马河的水污浊不堪，银色的垃圾在水面摇摆。

记不清是第几支烟了。缭绕的烟雾中，我望着宋强的鬼眼说，强哥，你可能不知道，我上班的时候，他们都叫我"小邓丽君"。客人经常点我唱邓丽君的歌，一场直播下来，邓丽君的歌被我反复唱了几十遍，唱到反胃，结果昨天打出租，还碰到一个不喜欢邓丽君就得滚下车的神经病。

宋强不好意思地拍了拍鬼眼。

你还没有告诉我，你为啥恁稀罕邓丽君？

起先是我媳妇喜欢，她成天在我耳边唱邓丽君。那个成语叫啥，爱屋及乌。每次听到邓丽君的歌就像看到我媳妇一样。宋强腾出一只手，在空中肆意挥舞起来。往北走，再向东，到中关村，南胡同口有一家音像店，开了八年，我每天开车都会绕到店里看看，邓丽君的新磁带一到，甭管多贵，我都会买下来。

我喝完最后一口啤酒，将空瓶用力抛向远方，玻璃瓶忽地消失在深不见底的黑暗中。

宋强拍了拍我的头说，该回家了。

第三夜

凌晨三点半，我立在寒风里哆嗦，没有等到宋强。第二天，我又空等了一夜。接连五天，他都仿佛从人间蒸发了。

第七天，宋强蓬头垢面、胡子拉碴地出现在我面前，像是刚从饿牢里放出来。

哥，可把你等来了。我狠拍着他的肩道。

别介，你等的人又不是我。我也不是你的上帝。

这几天干吗去了？不想赚钱买邓丽君的磁带了？

甭提了，我倒了血霉了。

开车撞人了？

撞到鬼了。宋强咬牙切齿地说。

那天晚上，我媳妇参加全市的歌咏比赛，准备演唱邓丽君的歌曲。临开演时伴奏带坏了，我开着车满城寻找那盘磁带。后来，她得了二等奖，我却在送磁带的路上看到一个老太太倒在路边，旁边站着几个人围观。我一寻思，不能见死不救啊，就对围观者说，人不是我撞的，万一被讹上了你们得替我作证啊。围观者信誓旦旦，还夸我是活雷锋。哪晓得我扶起老太太，开车将她送到医院，老太太的家属赶到时，一把揪住我的衣领让我赔钱。我再想找见证人时，那些信誓旦旦的人早都没影了。

那些人真不是东西！我同宋强一起诅咒道。

可不是！老太太有三子一女，女儿说嫁出去的姑娘泼出去的水，该三个儿子养老，三个儿子又推三阻四，谁都不愿意接这个烫手山芋，现在好了，接盘的人出现了。

当时路上应该有监控吧？

我也找过相关部门，想调取当时的监控，结果偏偏那条路是个盲区，想找到那几个证人更是海底捞针。我承担了前期三万多元的医药费，后期每天的费用都噌噌往上涨，车也被那家人扣了。我发了狠，说再不把吃饭的家伙还给我，就让老太太死在医院，那家人才把车还给了我。

你家的"邓丽君"，是个啥态度？我问。

她说我这事儿是个无底洞，她没法陪我耗下去，唯一的办法是离婚，我净身出户，这样房子好歹还能保住，以后留给女儿。

你同意离了？

我不希望闺女没有娘，能拖一天是一天吧。老太太的身体比我还强壮，却非要天天住在医院里养老，每天好吃好喝地伺候着。我不得不一天跑十六个小时的车，来填充老太太全家的血盆大口。

宋强紧咬着牙，不愿再多说一个字。他将车停在路边，像一摊稀泥一样趴在方向盘上。我拍了拍他的鬼眼，望着小花圈里的邓丽君，清唱了一首《何日君再来》。

听完，宋强猛地抬起头，老妹，你再唱一首，我免费送你回去。

我不语。他急了，嫌少不是？免费接送十天！

爽快，成交！我再给你唱三首。

那天是我唱邓丽君的歌赚得最少的一天。

宋强停下车，专注地听我唱歌。唱毕，我固执地付车费，宋强固执地不收，我只好为他再唱了几首。

宋强闭着眼听完，眼角早已潮湿。他嗫嚅着说，她已经有两年不给我唱邓丽君的歌了。

第四夜

一晃，大半年过去了。其间我辞去了出纳工作，谈了一场无疾而终的恋爱，爱上了一个不该爱的人，又失了恋。那夜，宋强特地开着车来接我。我注意到，他换车了。

老哥，你原来的车呢？

卖了。

卖了？

这一夜，宋强像一条暗流，在夜色中恣意流淌他隐匿已久的悲伤："被老太太一家讹上了以后，我的经济状况每况愈下。我媳妇过惯了好日子，成天骂我'怂''包子'，还经常将孩子扔给我，自己出去唱歌、跳舞，上个月还卷走了家中值钱的细软，跟一个有钱人双宿双飞了。媳妇跑了，女儿不能不管啊，我一个大男人独自抚养一个女孩，负担更重了。每天开着车听邓丽君的歌成了精神寄托，只有听她的歌，晚上才能睡得着，才能做一个花好月圆的美梦。

"眼瞅着老太太快不行了，老人家的四个子女担心人财两空，就逼我一次性了断，赔偿二十万元。把我卖了也拿不出这么多钱啊,后来谈到十二万。我把汽车卖了十万块,又凑了两万,终于把这一家瘟神送走了。

"我卖掉汽车后的次月,北京市的汽车开始实施摇号政策。之后再参加摇号,不出意料地没摇上,我只好租人家的车开。你看,这就是人生。"

车身微微一晃。宋强脸上的刀疤挤在一起,令那张脸看上去苍老而憔悴。

他将车停在路旁,变戏法似的取出一个小花圈,花圈里的邓丽君笑靥如花。他又变出一枝紫色康乃馨,认真地粘在花圈上。完成这个神圣的仪式后,他长吁了一口气:"今天我媳妇来找我谈判,她想带走女儿。她找的那个姘头一看就不是个好东西。我本来准备开车去撞那对奸夫淫妇,一见到你,又改变了主意。"

他点燃一支烟,猛吸一口,失神地望着细长的烟燃成灰烬。

老哥,给我一支烟。

他一怔,随即递给我一支烟,又替我点上。风太大,点了几次才成功。我刚吸一口,眼泪就不争气地涌出来。家暴,酗酒的父亲,不幸的童年和少年时期,高考失利后勉强上了一所大专,求职屡屡受挫,恋爱一路坎坷,为了替母亲筹医药费不得不打双份工，在KTV一干就是三年……我的人生，就是一辆千疮百孔的破车。

我和宋强默默地抽烟。车上的邓丽君孤独地唱起了《何日君再来》。一曲终了，又是一曲《何日君再来》，接连唱了四遍。

我抹了一把泪，问怎么老是这一首。

我把这首《何日君再来》录了整整一盘磁带，心烦了就听它。你说，生活有A面和B面，一首歌如果从头唱到尾，也可以听一生，可是为什么，B面的歌唱着唱着就跑调了呢？

我也想知道答案。我的A面还没唱到一半就跑调了。

宋强听了我的话，抱着贴着邓丽君照片的小花圈，像抱着一个孩子。他先是啜泣，随后放声大哭。邓丽君一遍遍地用歌声抚慰着他，他抱着小花圈，将鼻涕和眼泪肆意涂到邓丽君脸上。

我醉了，因为我寂寞；我寂寞，有谁来安慰我？自从你离开我，那寂寞就伴着我。如果没有你，日子怎么过，日子怎么过，怎么过，过，过，过……

B面颤颤巍巍地唱完了，宋强才止住哭声。他的刀疤和眼睛里全是湿淋淋的泪水。

宋强直直地望着空茫茫的前方，带着颤音说，总有一天她会回来的。

如果她回不来呢？我问。

她一定会回来的！他吼道。

我和宋强像两棵缄默千年的古树，彼此都有许多话，却一个字都不想说。不知过了多久，宋强才说，老妹儿，唱首邓丽君的歌吧。

我做主播被同行排挤、打压，"榜一大哥"想约我，被我高冷地拒绝了，小姐妹抢走了我的金主，我被所在的签约公司冷藏，很快就要变成无业游民了，哪有心情唱歌？你带我去哪里都行，我有几肚子话想跟你说。你开多久，我就跟你侃多久。

宋强默许了。他再也不会赶我下车了。我东一锤子西一榔头毫无逻辑地讲着，他认真地听着。

我失业了，重获自由了，可每个夜晚依旧是那么黑。我本想逃离这座令人又爱又恨的城市，却舍不得。它像一个集风情、风流、风骚于一身的情人，百般挑逗你，将你迷得神魂颠倒，却并不爱你，还一次次无情地伤害你，关键时刻抽身而退。你下了许多次决心想离开它，它抛给你一个看似深情的眼神，或是给你一点甜头，你便雀跃着飞奔而去，扑进他怀里，抱紧它，恨不能同它生生世世永不分离。

所以，即使活得像一袋垃圾，我也要赖活在这座大城市。

老妹，你是水做的吗，这么些年来一直往低处流。

五十步莫笑一百步，你也比我好不了多少。

我们哈哈大笑，笑完又沉默了。我们都戳到了彼此的痛处。

宋强半开玩笑地说，老妹，要不你跟我过吧。我笑了，笑出了一脸的泪，你养我啊？

我始终没有等到他的那句"我养你"，哪怕是骗我的。

我开始嚎邓丽君的歌，一首接一首，嚎得筋疲力尽，声嘶力竭。宋强哀求道，老妹，求你别唱了，别毁了我的邓丽君。

我吼道，你不喜欢邓丽君就给我下去！

你是个好姑娘，别作贱自己。宋强说。

我是一个没人爱的坏女人。这一夜，我流着泪讲自己的故事。宋强认真地聆听。

我曾在双方都情到深处时想吻一个人，他却将脸扭到一边。强哥，你告诉我，他为什么不吻我？为什么？我做女主播很不堪？

强哥扳过我的脸，用他不大的眼睛盯着我。我起初躲闪着他，不敢直视他炽烈的目光。他像一道强光，照进我生命的裂缝，填补我所有的苍白与苍凉。我们默默地望着彼此，直到泪流满面。

他将两瓣滚烫的唇贴了上来。我的双唇冰凉而僵硬，提醒着我已有十年没有接吻了。

原来爱情就是一个吻。

他唤醒了我，也点燃了我。我们双眼迷离地望着对方，欲言又止。

那一夜，我和宋强没完没了地喝酒，啃噬彼此。半夜醒来时，发现身边扔了一地的啤酒罐。我们在开满鲜花的花坛里相拥而眠，手机数据线插在泥土里充电。

天上的月亮从这头移到那头，总是缺了一块。地上的两道长长的影子聚拢又分开，最终挥手道别。

第五夜

有一年零三个月没有见到宋强了。我以为他病了,最坏的结果是,他死了。死于打架,死于抑郁,或者,死于非命。我也想过打他的电话,并且付诸过行动。电话是通的,但响了一声我就挂了,他也没有打过来。那么,就此打住吧。

事隔一年半之后,我再次在电话里听到宋强的声音。

我坐在久违的小花圈旁,那里面粘着一枝蔫巴巴的粉色康乃馨。宋强说,康乃馨涨到了五块钱一枝,经济不景气,只能一周换一次,委屈邓丽君了。我还注意到,花圈中间的照片看起来有些怪异。

她是谁?

我媳妇,不,前妻。

离了?

离了。她昨天正式回来跟我离婚。

我用手捅了宋强一下,你离了也不告诉我一声,都不给我一个机会。

宋强道,你也没说要嫁给我啊。

"十八的姑娘一朵花,眼睛大,雪白牙,粉粉的笑脸。姑娘长大不可留，不可留，留来留去成冤家……"

邓丽君唱着欢快的歌，宋强喋喋不休地倾诉着。从他断断续续的话语中我了解到，他成为网约车司机后，依旧在车上放邓丽君的歌和小花圈，许多乘客不买他的账，尤其是年轻乘客。偏偏他又臭又硬，遇到不喜欢邓丽君的乘客，他就强令他们下车，所以他经常被投诉。不久，网约车平台取消了他的运营资格。他得吃饭和养活女儿啊，便只好跑黑车，生意时有时无，朝不保夕。且黑车管得严，他经常被交警抓，抓住了就罚，一罚就是大几千块，有时赚的辛苦钱还不够交罚款。为了生活，他又开始做代驾。而他这样一个四处找机会喝酒的人，是不适合做代驾的。有一次，他因酒驾差点闹出了人命。

我望着苍老得变了样的宋强，百感交集。我对宋强的感情，有时像是母亲面对儿子，有时又像是女儿面对父亲。

宋强握着方向盘，空洞地注视前方。他说，你永远不会知道，下一站去往何处，终点又流向哪里。

媳妇跟人跑了，闺女也判给媳妇了，我活着还有什么意思？我是个什么东西？他咆哮道。一只黑鸟箭一般地在夜空中划过，又仓皇逃离。

至少，你还有邓丽君。

我每天只有拼命地在路上跑，才不会想起她们。她们都走了，只剩下邓丽君陪我了。他将贴有前妻照片的小花圈抱在手里，像是抱着邓丽君。

见他久久无语，我没话找话，试着打破僵局。我每次见你，不是被打，就是失恋，或者失业。你说，你是不是我的扫帚星？

宋强挤出一个笑。他一笑，脸上的刀疤就扭成了一把驼背的弓。你说，我们一辈子老老实实，勤扒苦做，从不害人，为什么偏偏没个好命？

来，今儿个我当一回乘客，坐我老妹儿开的车！他骄傲地说。

我面露难色。我拿了几年驾照，却根本不会开车，至今还分不清东西南北。

开，大胆地开！我开车快三十年，今儿个还是头一回当乘客。

我战战兢兢地开车，他兀自讲他的故事。

他将脸深埋进粗糙的巴掌里，大滴大滴的泪水从指缝间漫出，身体剧烈颤动着。

大哥，我送你回家吧。我握着方向盘，看到仪表盘上显示汽油不多了。

家？我还配有家吗？闺女被她妈带走的那天，我摇到了号。闺女她妈把唯一的房子卖了，分给我的钱我用来买了这辆二手车。这车太老了，看起来比我还老，快要被报废了。没有车，我连个家也没有了。这辆破老爷车就是我的家，我最后的家……

我又何尝不是无家可归！我多想加大马力玩命地往前冲，跟宋强同归于尽，汽车却在半路熄了火。

宋强下来修车时，我无聊地刷微信，一则新闻跳了出来：2007年的今天，英国《太阳报》宣告了磁带的死亡。

我问宋强，你这些磁带值不少钱吧?

一提起邓丽君的磁带，宋强瞬间恢复了狠劲。他豪情万丈地说，有一次，一个五十多岁的归国华侨愿意出五万元包下我所有的磁带，被我拒绝了。

他望着远方幽幽地说，没有邓丽君，我还怎么活呢?

第十二夜

因为长期熬夜做直播，我的身体轰地一下垮了。我在医院里住了大半个月，去鬼门关边溜达了一圈，又狼狈地爬了回来。爱情走了，"榜一大哥"们也走了，我口袋里的钱所剩无几。所幸，母亲的病好了。我搬到了郊区，寻了一份收入微薄但旱涝保收的营业员工作。这工作虽清贫，却清静，不用熬夜，更不用陪笑、陪酒。

一天，热衷八卦的同事们纷纷议论，一辆汽车从大桥上冲进了河里。我丝毫不关心，每天都有人生与死，我亦是在拼命求生。

接到警察的电话时，我以为是诈骗，当即挂断了。警察不依不饶地将电话打到了我所在的公司，同事们都用奇怪的神色看着我。

当我出现在警察局时，警官指着一个湿漉漉的帆布包问我，认识这个包吗？

我失色道，是我的！

包里有你的名片和电话。但是你的电话停机，公司也换了，我们费了很大的劲才找到你。

这个帆布包是两个月前见宋强时，落在他车上的。

宋强，他怎么了？我急问。

从监控录像上看，他遇到了抢劫。开车的过程中他还拨打过110，说有人要抢他的磁带，后来电话就挂断了。几分钟后，他和劫犯连人带车冲到了河里。

我抱着帆布包，呆呆地望着地上的瓷砖，每一块都像磁带。宋强走的那天是5月8日，也是邓丽君的忌日。

你和宋强认识多久了？警官问。

从2018年至今，我认识宋强已经三年多了。可我绝不会告诉警察我和宋强之间的秘密。我答非所问地说，他脸上有一个刀疤，后脑勺有一只"鬼眼"，但他是个好人。我打网约车遇到了他，他问我喜不喜欢邓丽君，不喜欢就让我下车。他车上有一个小花圈，花圈中间贴着照片，照片旁边有一枝红色的康乃馨，又好像是黄色的？不对，应该是黑色的。照片上的女人不到四十，长得一点也不像邓丽君。还有啊，他的破车刹车有问题，我每次坐他的车都提心吊胆的，但他每次都不收我的车费，还故意绕路。你说，他是不是脑子有问题？最后一次见他时，我不小心把包落在他车上了，我记得我的包跟邓丽君的磁带放在一起，几百盘磁带呢。对了，你觉得我像不像邓丽君？

帅气的警官像看一个神经病一样，奇怪地看着我。最后，他交给我一个木头箱子，箱子上用刀刻着我的名字。

物归原主吧。警官说。

警官走后，我给久已不用的手机号充了值，几百条短信噼里啪啦地跳了出来，几乎全是宋强的。他每天不知疲倦地对我说"早安""晚安"，有时还会发来一句"傻老妹，你是又在找工作还是找男朋友""你看我合适吗"……我翻到了他的最后一条信息，读完后泪飞如雨。

"老妹，有人要抢我的磁带，而我只想把邓丽君留给你。"

强哥啊，我已经没有邓丽君了，你还有吗？如果有一天我不在了，你还来吗？你这个憨憨，怎么可以不告而别呢？

我背着装满邓丽君磁带的木头箱子，同这个我爱过、恨过的城市不告而别。我曾背叛过这方土地，而它永久地站在这里。绿皮火车缓缓前行，混沌的日子开始变得清朗，从华丽回归古朴，轻盈的雪花和淙淙的流水抚慰着这片孤独的土地。金色的阳光洒在故乡，往事跑进了白桦林深处,跑进了已变成荒原的母亲的坟茔。沉睡的土地渐渐苏醒,而我,我回来了。

(原载于《山东文学》2022年第7期)